imaginist

想象另一种可能

理
想
国

imaginist

NO ONE BELONGS HERE MORE THAN YOU

没有人比你更属于这里

MIRANDA JULY

[美] 米兰达·裘丽_著 周嘉宁_译

海南出版社
·海口·

图字：30-2021-042 号

图书在版编目（CIP）数据

没有人比你更属于这里 /（美）米兰达·裘丽（Miranda July）著；周嘉宁译．-- 海口：海南出版社，2021.7

ISBN 978-7-5730-0097-2

Ⅰ．①没… Ⅱ．①米… ②周… Ⅲ．①短篇小说—小说集—美国—现代 Ⅳ．①I712.45

中国版本图书馆 CIP 数据核字 (2021) 第 139237 号

没有人比你更属于这里

作　　者　[美]米兰达·裘丽
译　　者　周嘉宁
责任编辑　陈泽恩
特约编辑　张诗扬　廖畅畅
封面设计　高　熹
封面插画　烟　囱
内文制作　陈基胜
海南出版社　出版发行
地　　址　海口市金盘开发区建设三横路2号
邮　　编　570216
电　　话　0898-66822134
印　　刷　山东新华印务有限公司
版　　次　2021 年 7 月第 1 版
印　　次　2021 年 7 月第 1 次印刷
开　　本　850mm × 1168mm　1/32
印　　张　6.75
字　　数　121千字
书　　号　ISBN 978-7-5730-0097-2
定　　价　58.00元

如发现印装质量问题，影响阅读，请与发行部门联系：010-64284815

献给朱莉娅·布赖恩-威尔逊

目 录

公用露台

即使这是在他不清醒的时候发生的，也依然算数。还要加倍算数，因为清醒的头脑常常犯错，迷上错误的人。然而在意识的井底，不见日光，只有千年死水，一个男人没有理由犯错。上帝说做，就做了。说爱她，就爱了。他是我的邻居。韩国血统。他的名字叫文森特·张。他不会合气道。当你说出“韩国人”这个词语时，有人会自然想起成龙的韩国合气道老师、大师金振八；我却想起文森特。

在你身上发生过的最可怕的事情是什么？与汽车有关吗？是在船上吗？是动物干的吗？如果你对其中任何一个问题回答是的，我都不惊讶。车祸、沉船和动物都是可怕的。为什么不帮帮你自己，远离这一切。

文森特有个妻子叫海伦娜。她是个金发的希腊人。头发是染的。我想要礼貌些，不提染发的事，但我真不觉得她会在乎这个。事实上，我觉得她有意露出一截发根，好让别人知道她的头发是染的。如果我们是好朋友会怎么样。如果我问她借衣服，而她说，你穿着更好看，拿去吧。如果她哭着打电话给我，我不得不赶过去，在厨房里安慰她，而文森特想要进厨房，我们就说，别进来，我们在说悄悄话！我看到电视里就是这样演的；两个女人在讨论偷来的内衣，一个男人闯进来，她们就说，别进来，我们在说悄悄话！海伦娜和我永远都不会成为好朋友的一个原因是我只有她的一半高。人们喜欢与自己差不多身高的人在一起，更容易并肩同行。除非他们在恋爱，这样的话，身高的差异也是性感的。它意味着：我愿意为你逾越距离。

如果你感到难过，问问自己，为什么难过。然后拿起电话来打给某人，告诉他或者她这个问题的答案。如果你不认识任何人，就打给接线员，把答案告诉他或者她。大部分人不知道接线员必须听电话，这是规定。还有，邮递员不能进你的屋子，但你可以在公用区域与他交谈，交谈最多不能超过四分钟，或者直到他想走，看这两种情况哪种先发生。

文森特在公用露台上。我来说说这个公用露台。它是公用的。而如果你看到它，你会以为它是文森特与海伦娜的露台，因为他们的后门正对着它。但我刚刚搬来时，房东说楼上和楼下的单元都能用这个露台。我住楼上。他说，不要不好意思用，你付的房租跟他们一样多。我却不确定他是否告诉过文森特与海伦娜这个露台是公用的。我试着不时在那里留下些东西，以显示我的所有权，像是我的鞋子，还有一次我留下了一面复活节旗子。我也尽量在露台上度过与他们一样多的时间。这样我们就彼此值回自己的房租。每次我看到他们坐在那儿，就在自己的日历上画个记号。下回露台空着，我就去坐一坐。然后再把记号画掉。有时候我落后了，不得不赶在月末之前常去那儿坐坐，以赶上进度。

文森特在公用露台上。让我来说说文森特。他是新男性的典范。你可能已经在上个月的《真相》杂志上读到过有关新男性的文章。新男性比女人更容易动情，他们会哭。新男性想要拥有孩子，他们渴望生育，他们有时候哭是因为他们无法生育；他们身上没有孩子可以出来的地方啊。新男性总是付出，付出，再付出。文森特就是这样的。有一次我看到他在公用露台上为海伦娜按摩。这有点讽刺，文森特自己才真的需要按摩。他有轻微的癫痫。这是我搬来时房东出于安全预防告诉我的。

新男性常常有些脆弱，再加上文森特的工作是艺术总监，这也是非常新男性的。这是有一天我们同时出门时他告诉我的。他在一本叫《赌注》的杂志做艺术总监。真是非同寻常的巧合，因为我是一家印刷厂的基层经理，我们有时也印杂志。虽然我们没有印《赌注》，但是我们印的那本杂志名字也差不多，叫《阳性》。[1] 它其实更像是新闻通讯，专为 HIV 阳性的人群做的。

你愤怒吗？捶打枕头。这样能满足吗？很难吧。如今人们已经愤怒到无法满足于动拳头。你或许能试试刀子。找个旧枕头，放在门口草坪上。把大大的尖刀扎进去。一次，一次又一次。用力把刀尖扎进地面。直到枕头已经不见了，而你只是一次又一次地扎着地球，仿佛你要因为它持续不断地旋转而杀了它，仿佛你要因为不得不日复一日孤独地生活在这个星球上而复仇。

文森特在公用露台。露台使用上我已经落后了，所以月末看到他在我不免有些焦虑。于是我有了个主意：

1 《赌注》的原文为 *Punt*，《阳性》的原文为 *Positive*。两个词语都以 P 开头。——中译注，下同我可以与他一起待在那里。我换上百慕大短裤，戴了墨镜，涂好防晒油。尽管已经十月了，我依然感觉到夏日风情；我的脑海里有着夏天场景。而事实上，外面风很大，我不得不跑回去拿了件毛衣。过了几分钟，我又跑回去换上长裤。最后，我在公用露台上挨着文森特，坐在一把草坪躺椅里，看着防晒油从我的卡其裤里渗透出来。他说他向来喜欢防晒油的味道。他面对我的处境表现得非常得体。一个风度翩翩的男人，这就是新男性。我问他，《赌注》最近怎么样，他给我讲了一桩有关错字的趣事。因为我们是同行，所以他不必对我解释说“错字”是“输入拼写错误”的缩写。[1] 如果海伦娜在这儿，我们就不得不停止使用我们的专业术语，这样她才能听懂我们在说什么，但是她不在，她还在工作。她是内科医生助理，与护士可能是一回事也可能不是。

我问了文森特更多问题，他的答案变得越来越长，直到到达了某种巡航高度。我不用再问，他便像演讲一样说下去。这是我始料未及的，仿佛周末的时候突然发现自己竟然还在工作。我在这里干吗？我的“罗马假日”[2]

1 “错字”的英文全称是 typographical error，英文缩写为 typo。

2 《罗马假日》(*Roman Holiday*)，1953 年由威廉 · 怀勒导演，奥黛丽 · 赫本和格里高利 · 派克主演的浪漫爱情片。

去哪儿了？我不是“在巴黎的美国人”[1]吗？结果还不就跟原来一样，是“在美国的美国人”而已。他终于停下来，眯眼望向天空，我猜想他正在为我构思一个完美的问题，这个美妙的问题将使我不得不集中精神，从有关我自己、神话，以及这颗黑暗的地球所知道的一切中获得答案。但其实他停下来只是为了强调他刚刚所说的，封面设计上的错字真的不是他造成的，不过最终他还是问了我一个问题；他问我，基于刚刚他所告诉我的一切，我是否认为那是他的错？我望着天空只想看看它的样子。在我告诉他我藏于心头的秘密愉悦前，我假装停顿，等待着，等待着，等待着有人注意到，我每天起床仿佛毫无意义，但我还是会起床，因为藏于我心头的秘密愉悦，那是上帝之爱。我的目光从天空往下移，望向他的眼睛，我说，这不是你的错。我为封面和其他所有的事情宽恕他。宽恕他没有成为一个新男性。然后我们陷入了沉默；他没有再问我任何问题。坐在他旁边我依然觉得挺开心，但那只是因为我对大部分人的期待值非常非常低，而他现在也成为了“大部分人”。

---

1 《在巴黎的美国人》(*An American in Paris*)，1951 年的音乐喜剧，由文森特 · 明奈利导演。

接着他向前倒去。他猛然以不自然的角度前倾，保持着那个姿势。这可不是“大部分人”或者新男性的行为；大概只有老人和上了年纪的人才会这样。我说，文森特，文森特。我大喊，文森特 · 张！可他只是安静地歪着，胸口几乎碰到膝盖。我蹲下来看着他的眼睛。它们是睁着的，却又黯淡得好像一间关门的商店，所有灯都暗着，鬼气森森。灯暗了以后我才意识到，即使他刚刚那么自私，却神采奕奕。我也意识到或许《真相》杂志是错的。或许根本没有新男性。或许只有活着的和死去的，而那些活着的应该彼此珍惜，互相平等。我把他的肩膀向后推，让他在椅子里坐好。我对癫痫一无所知，以为发病应该会浑身颤抖。我把他的头发从脸上撩开。手指探到他的鼻子下面，感觉到轻柔平稳的呼吸。于是我把嘴唇贴近他的耳朵，再次轻声说，这不是你的错。或许这是唯一一句，我想对别人说，也希望听到别人对我说的话。

我拉过自己的椅子，把头靠在他的肩膀上。尽管我对于这次应该由我负责的癫痫发作感到害怕，却睡着了。为什么我会做这样危险和不恰当的事情？我更倾向于认为自己什么都没做，而是事情就这样在我身上发生了。我睡着了，梦见文森特一边与我接吻，一边慢慢地把我的衬衫撩起来。从他手掌的弧度能看出我的乳房很小。大一些的乳房会有一道不那么尖锐的弧线。他握着它们，仿佛他已经渴望了很久，忽然之间，我明白了事情的本质。他爱我。他是个难懂的人，有着层层渗透的情感，有些是心灵的，有些则以更世俗的方式折磨着他，而他在为我燃烧。这抹生命复杂的火焰属于我。我捧住他发烫的脸，问了他一个艰难的问题。

海伦娜怎么办？

没关系，她是医学专业的。为了健康，他们什么都得做。

说得对，这是希波克拉底誓约。

她会有些难过，但因为这个誓约，她不会打扰我们。

你会把你的东西搬到我的房间里来吗？

不会。我必须与海伦娜住在一起，我们发过誓。

发誓？那么那个誓约又算什么？

都会好的。没有什么事情能与我们的事相提并论。

你真的曾经爱过她吗？

不算是。

那我呢？

我爱你。

哪怕我毫无魅力可言？

你在说什么，你完美极了。

你觉得我很完美？

你做每件事情都很完美。我看到你上床前在浴缸边洗屁股。

你看到了？

每天晚上。

这只是为了以防万一。

我知道。但是没有人会在你睡着的时候进入你。

你怎么能保证？

因为我在看着你。

我以为我得一直等下去直到我为之而死。

从现在起我是你的。

不管发生什么？即使你与海伦娜在一起，而我只是住在楼上的矮女人，我也依然是你的吗？

是的，哪怕我们从此闭口不提，也改变不了这个事实。

我不敢相信这真的发生了。

这时海伦娜来了，摇晃我俩。但文森特继续睡着，我想他是不是死了，如果是这样，那些梦话是他在死前还是死后说的，哪种情况更可信。还有，我变成罪犯了吗？我会不会因为疏忽大意而被捕？我抬头看看海伦娜，她穿着医生助理的制服忙个不停。所有动作都让我头晕；我再次闭上眼睛，正要重回梦境时，海伦娜对我大喊，癫痫是什么时候发作的？还有，为什么你他妈的在睡觉？但她正在用专业的夸张动作检查他的生命体征，等她再次看着我的时候，我知道我不必再回答那些问题了，因为我不知怎么的变成了她的助手，医生助手的助手。她叫我去他们房间里拿一个放在冰箱顶上的塑料袋。我心怀感激地跑进去，关上房门。

他们的房间非常安静。我踮脚穿过厨房，把脸贴在冰箱上，呼吸着他们生活的复杂气味。他们的冰箱上贴着孩子们的照片。他们有朋友，而这些朋友生下更多的朋友。我从未见过比这些孩子们的照片更温馨的东西。我想要够到冰箱顶上的那个塑料袋，但是我也想看看每个孩子。有一个叫特雷弗，这个星期天他要办生日派对。一定要来！邀请信上写着。我们会玩个痛快的！[1] 上面还有一张鲸鱼的图。这是条真的鲸鱼，一张真的鲸鱼的照片。我盯着它小小的聪慧的眼睛，思考着现在这只眼睛在哪里。它还活着吗，还在游泳吗，还是很久以前就死了，或者这一秒钟正在死去？当一条鲸鱼死去时，它用超过一天的时间缓缓沉入大海。所有其他的鱼都看着它下沉，像一座巨大的雕像，像一幢楼，但是很慢，很慢。我集中注意力看着它的眼睛；我想要望进它的内心，直抵那条真正的鲸鱼，那条正在死去的鲸鱼，然后我轻声说，这不是你的错。

---

1 原文为“We' ll have a whale of time”，与后文的鲸鱼相对应。

海伦娜从后门摔门进来。她直接把胸口贴住我的后背，伸手越过我，取下袋子，跑回门外。我转身从窗口看着她。她正在给文森特打针。他慢慢醒来。她吻了他，而他揉揉自己的脖子。我不知道他还能记起什么。现在她坐在他的膝盖上，用她的胳膊抱住他的脑袋。当我走过去的时候，他们都没有抬头。

有趣的是《阳性》杂志从未提起过 HIV。如果不是因为那些艾滋病药品广告——齐多夫定、萨斯迪瓦、奈韦拉平——你会以为这是一本教人保持积极乐观的杂志。正因如此，这是我最爱的杂志。所有其他杂志鼓励你只是为了击溃你，而《阳性》杂志的编辑知道你已经被一次又一次地击溃，因此你真的没必要通不过那个叫作“你足够性感吗，还是马马虎虎？”的小测试。《阳性》杂志列举让人感觉好起来的办法，类似于《赫洛伊丝的建议》[1]。这种东西看上去很好写，但所有好的忠告都会给人这样的错觉。常识和真相应该没有作者，而由时间本身书写。要写些东西让一个晚期病人感觉好些确

1 赫洛伊丝 · 鲍尔斯（Heloise Bowles）于 1959 年在《檀香山广告报》（*The Honolulu Advertiser*）上开创了《读者交流》栏目，之后更名为《赫洛伊丝的建议》，是世界上传播最广的报纸专栏之一。她于 1977 年去世之后，这个栏目由她的女儿以赫洛伊丝的笔名继续接管。

实非常困难。但《阳性》杂志有规定，不能只是从《圣经》或者禅宗里抄袭指导；他们要原始素材。到目前为止，我提交的都还没有被采用过，但我觉得我已经接近了。

> 你对生活有疑虑吗？你不确定它是否值得纷扰？看看天空：那是给你的。看看街上每张路过的脸：那是给你的。还有街道本身，街道下的地面，以及地面下燃烧的星球：都是给你的。它们给予别人多少，就给予你多少。当你早晨醒来觉得自己一无所有时，就想想这些。站起来面对东方。现在赞美天空，赞美天空下每个人的内在光芒。不确定也没关系。但是要赞美，赞美，赞美。

游泳队

当我还是你女友时，我不会跟你讲这个故事。你一直问一直问，而你的猜测总是夸张而独特。我是谁的情妇吗？贝尔维迪尔与内华达一样卖淫合法吗？我是不是全年都光着身体？现实开始显得乏味。而我及时意识到，如果真相令人感觉无聊，那么或许我做你女友的日子也不会太长。

我并不想住在贝尔维迪尔，但又不能忍受问父母要钱搬家。每个早晨，我都吃惊地想起，我独自住在这么个甚至称不上是个镇子的小镇里，它太小了。只是加油站旁边的几栋房子，再往下走 1 英里，有个商店，就这些了。我没有车，没有电话，我 22 岁，每周给父母写信，骗他们说我在为一个叫作 R. E. A. D. 的项目工作。读书给不良少年听。这是个政府资助的试验项目。我从没想清楚 R. E. A. D. 这几个字母代表着什么，但是每次我写下“试验项目”时，都有点惊讶自己的能力，居然想出这样的词。“早期干涉”则是我想出来的另一个好词。

这个故事不会很长，因为那年最精彩的事情就在于几乎什么事都没发生。贝尔维迪尔的居民以为我的名字叫玛丽亚。我从没说过我叫玛丽亚，但是不知怎么他们就叫了起来，我也懒得告诉那三个家伙我的真名。那三个人分别叫作伊丽莎白、凯尔达和杰克杰克。我不知道为什么要叫两遍杰克，我也不是很确定凯尔达这名字，反正听上去是这样的，我叫她名字的时候就是这样念的。我认识这些人是因为我给他们上游泳课。这是故事的要点，因为在贝尔维迪尔附近压根没有水的影子，也没有游泳池。有一天他们在商店里讨论这个，然后杰克杰克说，这样挺好，因为他和凯尔达不会游泳，所以他们很容易淹死。他现在一定已经死了，因为他年纪真的很大。我想伊丽莎白是凯尔达的表姐。而凯尔达是杰克杰克的老婆。他们都至少已经 80 来岁了。伊丽莎白说她小时候去表亲家玩耍（很显然不是表亲凯尔达），那个夏天她曾经游过很多次泳。我加入这场对话的唯一理由是，伊丽莎白宣称游泳的时候必须在水面下呼吸。

不是这样的，我叫起来。这是几个星期来，我第一次大声说话。我的心脏怦怦跳着好像我是在找人约会。我说在水面下得屏气。

伊丽莎白好像生气了，然后她说她是在开玩笑。

凯尔达说，她太害怕屏气了，因为她曾经有个叔叔，在一次屏气比赛里由于屏气时间太长而死了。

杰克杰克问她是不是真的相信这个，凯尔达说，是啊，她相信，而杰克杰克说，你叔叔是中风死的，我真不知道这些故事你都是从哪里听来的，凯尔达。

接着我们都沉默地站了一会儿。我真的很享受这样的陪伴，希望能再持续下去，后来确实持续了下去，因为杰克杰克说，那么你会游泳咯。

我告诉他们高中时我曾经是游泳队的，甚至参加过国家级的比赛，但是早早地就被奥多德主教高中打败，那是个天主教学校。他们似乎对我的故事非常非常感兴趣。在此之前，我甚至都没有把这当作是故事，但现在我发现这故事精彩极了，充满戏剧性和氯气味，以及伊丽莎白、凯尔达和杰克杰克无法直接了解的其他玩意儿。凯尔达说要是在贝尔维迪尔有个游泳池就好了，因为他们显然都很高兴在镇子里住着个游泳教练。我从没说过我是游泳教练，但我知道她就是这个意思。真羞愧。

接着奇怪的事情发生了。我盯着棕色油毡地板上自己的鞋子，我敢打赌这地板足有一万年没洗过，然后我突然感到自己就快死了。但是我没有死，却开口说：我可以教你们游泳。而且不需要游泳池。

我们一周两次在我的公寓碰面。他们来的时候，我把三个装着温水的碗在地板上排成一排，然后把第四个碗放在它们前面，这是给教练用的。我在水里加了点盐，我估摸着他们会不小心呛到水，而据说吸些温暖的盐水对健康有好处。我教他们如何把鼻子和嘴巴放进水里，又如何在一旁呼吸。然后我们加上腿，再是胳膊。我承认对于学游泳来说，这不是最好的条件，但是，我指出，当附近没有游泳池的时候，奥林匹克选手也是这样训练的。是的是的是的，这是句谎话，但是我们需要谎话，因为我们四个人躺在厨房地板上胡乱蹬腿，像是生气，像是愤怒，像是失望和受挫，都毫不畏惧地表现出来。这一切要与游泳扯上关系非得说些大话。凯尔达花了好几个星期才学会如何把脸放在水里。没事，没事！我说。让我们从踢水板开始。我递给她一本书。抗拒水碗是完全正常的，凯尔达。那是身体在告诉你它不想死。它不想，她说。

我教给他们我会的所有招式。蝶式最不可思议，你绝没见过那样的情形。我觉得厨房地板都投降了，变成液体，随着杰克杰克流走。但至少他学得很快。他真的穿过地板，装了盐水的碗和其他一切。他会在厨房与卧室间游个来回，浑身沾满汗和灰尘，凯尔达两手抓着她的书，抬头看着他，眉开眼笑。他对她说，朝我游过来，但是她太害怕了，而且在地上游泳还真是要花费很大的上肢力量。

我是那种站在泳池边从不沾水的教练，但时时刻刻都忙着。我甚至可以大言不惭地说，我取代了水。我让一切都能进行下去。我不断说话，像个有氧运动教练，我还掐准时间吹哨子来划分出游泳池的边缘。他们听到哨声便齐齐掉转头去，游往另外一边。当伊丽莎白忘记用胳膊时，我会大喊：伊丽莎白！你的脚上来了，你的头沉下去了！于是她就疯狂划水，快速地回到水面上来。在我一丝不苟、手把手的指导下，他们跳水时先在我的书桌上摆好完美的姿势，最后肚子触水横倒在床上。但这样只是为了安全起见。这依然是跳水，丢开哺乳动物的尊严，拥抱重力。伊丽莎白补充了一条规定说，我们跳下去时都得发出些声音。这对于我的口味来说有些小小的突破，但我欢迎革新。我想成为能从学生那里学到东西的老师。凯尔达会弄出那种树被砍倒的声音，如果那棵树是雌性的话。伊丽莎白则发出“自然而然的声响”，但每次听起来都是一样的，而杰克杰克会说，小心炸弹，让开！下课时，我们扯开毛巾，杰克杰克跟我握手，凯尔达或伊丽莎白会留给我一份热菜，像是炖菜或者意大利面。这是作为交换的，我真的觉得自己不需要再去另找一份工作了。

一个星期就只有两个小时，但是其他的所有时间仿佛都是为了这两个小时。星期二和星期四的早上，我醒来想着：游泳训练。其他早晨，我醒来想着：没有游泳训练。当我在镇子里碰到我的某个学生，像是在加油站或者商店，我会这么说：你最近有没有在练垂直跳水？他们就会回答说：我正在努力呢，教练！

我知道对你来说，想象别人叫我“教练”特别难。我在贝尔维迪尔有非常不一样的身份，这就是为什么我很难与你说起这些。我在那里从没交过男友；我不做艺术，完全没有艺术气质。我差不多算是个运动员。我完全就是个运动员，我是一支游泳队的教练。如果我知道你对这些感兴趣，我会早点告诉你，这样的话，我们或许就还在一起。从我在书店里撞见你与那位穿白大衣的女人起，已经过去三个小时了。那件白大衣真好看。你看起来也是那么高兴和踌躇满志，即便我们在两星期前刚刚分手。我其实并不是那么确定我们是不是分手了，直到我看见你和她。你看起来离我匪夷所思地远，就像是站在河对岸的人。小小的一个点，既不是男的也不是女的，既不年轻也不老迈；只是在微笑。今晚我想念着谁？我想念着伊丽莎白、凯尔达和杰克杰克。我能肯定他们都死了。多么剧烈的悲伤。我一定是历史上最悲伤的游泳教练。

王子殿下

我不是那种对英国王室家族感兴趣的人。我去过全是这种人的网络聊天室，他们目光短浅，没有长久计划，不关心自己家乡，却忙着操心另一个国家的王室家族。王室服饰、王室八卦、王室伤心事，尤其是那个家族的伤心事。而我只对那个男孩感兴趣。年长的那个。我曾经连他的名字都不知道。如果有人给我看照片，我或许能够猜出来他是哪一个，但我不知道他的名字、他的体重、他的兴趣爱好，或者那些与他一起念男女混合大学的女孩们的名字。如果有一张太阳系的地图，但上面显示的不是星星，而是人与人之间分开的距离，那你想从我这里飞到他那里，得最长光年。你在路上就已经死了。你只能寄希望于你孙辈的孩子能够到达那里。但他们不知道该怎么做；他们不知道该怎么得到他。况且他也已经死了；被他曾孙辈英俊魁梧的儿子取代。他的儿子们全是英俊魁梧的王族成员，我的女儿却将是为地方非营利机构工作的中年妇女，带领社区地震预防小组。我们之间隔着太多人，命中注定永不相逢。

我这一辈子总是做着相同的梦。他们称之为重复梦境；梦通常有着相同的结局。除了 2002 年 10 月 9 日那次。那个梦像往常一样开始，在一个天花板低矮的地方，每个人都不得不用手和膝盖爬来爬去。但这次我意识到周围的所有人都在做爱，这就是横着生活的后果。我很愤怒，试图用手把他们一对对撬开，但他们粘在一起仿佛交配的甲虫。接着，突然间，我看到了他，威尔。在梦里我认出他是位名人，却不知道是哪位。我感到窘迫，因为我知道他习惯于被可爱的年轻女孩围绕，可能之前从未见过长得像我这样的。但我渐渐意识到他撩起了我裙子的后摆，用鼻子摩擦着我的屁股。他这样做是因为他爱我。这是一种我从未觉得可能的爱。然后我就醒了。念书时我写的所有故事都是这样结尾的：*然后我就醒了！*然而这还不是结尾，因为我睁开眼睛时，外面开过去一辆车，车里高声放着音乐，平常我最憎恨这种行为，简直是犯法，但那首歌非常美——它是这样唱的：“我需要的只是一个奇迹，我需要的只是你。”这正是我在梦里的感觉。我跳下床，像是为了得到更多证据似的，翻开一份《萨克拉门托蜂报》，在《世界新闻》

那栏里，有一篇关于查尔斯王子访问格拉斯哥住宅区的文章，他带着儿子，威廉·亚瑟·菲利普·路易斯王子。还有一张照片。他看起来就跟摩擦我屁股时一样，一样金发碧眼的自信和一样的鼻子。

我在一个释梦网站上输入“王室家族”，但他们的数据库里没有这个，于是我输入“屁股”，然后点击“解释”，它说：梦见自己的屁股，代表着你的本能和欲望。它还说：梦见自己的屁股是畸形的，意味着你的心灵存在尚未开化或者受伤的部分。但我的屁股形状完整，所以我的心灵健全，而第一段话则告诉我，要相信自己的本能，相信自己的屁股，那个信任他的屁股。

那天我像是端着一杯满满的水一般揣着我的梦，优雅地走动，这样才不会洒掉一滴。我有一条长长的裙子，与梦里他撩起的那条一样，再穿上时有种前所未有的性感滋味。我摇曳着去上班；在茶水间滑行。我妹妹把这样的裙子叫作“村妇装”。她是贬义的。下午她到我在地震关爱网站的办公室来用复印机。看到我在她很惊讶似的，仿佛我们是在金考快印店[1]里撞见的。地震关爱网站的任务是教授灾前预防和在全球范围内支援地震灾民。我妹妹喜欢开玩笑说她也差不多算是地震灾

1 美国一家著名的连锁快印店。

民，因为她的屋子总是乱成一团。

你穿的是什么，村妇装？她说。

这是裙子。你明明知道这是裙子。

可是我身上这剪裁精致又赏心悦目的东西也叫裙子，不奇怪吗？不该有个什么区分吗？

并不是人人都觉得裙子越短就越挑逗啊。

挑逗？你刚刚是说“挑逗”？我们是在讨论挑逗吗？天哪，我不能相信你刚刚说了这个词。再说一遍。

说什么？挑逗。

别说了！太过分了，就好像是你说“操”或者其他什么的。

我可没说。

你是没说。但你有没有想过你可能永远都不会再操了？当你说卡尔离开你的时候，这是我想到的第一件事：她永远都不会再操了。

你为什么要这样？

怎样？我是不是要像你这样把纽扣扣得死死的？遮得那么严？这样更健康？

我没有那么保守。

好吧，我也想冒风险跟你一起出去，但你得向我证明你怎么不保守了。

我有个情人！

但是我没有这么说，我没有说我正被爱着，我是个值得被爱的人，我并不是一无是处，问问威廉王子就知道了。那个晚上，我列出了在现实中遇见他的几种可能性：

去他学校做一次地震安全的讲座。

去他学校附近的酒吧等他。

这两条并不矛盾；它们都是认识某个人的合情合理的方法。人们每天都在酒吧里邂逅，他们也常常与在酒吧认识的人做爱。我妹妹总这么干，她在大学里就这么干。然后她会打电话告诉我夜晚的每个细节，不是因为我们很亲密，我们并不亲密。她不太正常。我几乎要把她的所作所为称为乱交，但她是我的小妹妹，所以一定还有另外一个词来形容。她过头了。关于她我只能说这些。如果顶端在这里，在我所在处，她便超越了顶端，光着身体在我头顶盘旋。

第二天早晨我六点醒来，开始步行。我知道我永远不会变得苗条，但是我决定努力让全身匀称紧致，如果他在黑暗中抚摸我，就会感觉还不错。等我掉了 10 磅肉，就可以去健身房了；在此之前我就走路，走路和走路。穿过居民区时，我重新想起那个梦，非常清晰，以至我觉得会在下一个转角遇见他。一见到他，我就要把头放在他的衬衫下面，永远待在那里。我能看到阳光透过他橄榄球套头衫的条纹；我的世界变得很小，散发着男人的气味。我就这样闭着眼睛走路，完全没有看见那个女人，直到她走到我面前。她穿着一件黄色的浴袍。

妈的。你看见一只棕色小狗从那里跑过去吗？土豆！

没有。

你肯定吗？土豆！他一定是才跑出来。土豆！

我没注意。

好吧，你本该看到他的。妈的。土豆！

对不起。

上帝啊。好吧，如果你看到他，抓住他，把他带回这里。他是只棕色小狗，他的名字叫土豆。土豆！

好的。

我继续走。我得集中精神与他相遇；计划一和计划二。我去过其他学校讨论地震安全，所以这并不是第一次。居民区里有个学校，巴克曼初级中学，他们每年都会请消防队员来示范，先停，后扑，再打滚，我再接着说说地震安全。可悲的是，你能做的其实很少。你可以停，你可以扑，你可以跃到空中拍打胳膊，但如果遇上次大地震，你只能祈祷。去年有个小男孩问我是如何成为专家的，我如实相告。我说我比所认识的其他任何人都更怕地震。你必须对孩子诚实。我描述了那个反反复复的噩梦，梦里我窒息于砾石堆中。你知道“窒息”是什么意思吗？我表演起来，凸着眼珠喘粗气，在地毯上匍匐，挣扎着寻找空气。当我从表演里回过神来的时候，他把手放在我的肩膀上，递给我一片鲨鱼形状的叶子。他说这是最好的；他又给我看了他收集的其他叶子，看起来都不那么像是鲨鱼。我的这片最像了。我把叶子塞进钱包带回家；把它放在厨房桌子上；睡觉前我又看了它一眼。然后午夜时分，我起床把它扔进了垃圾桶。在我的生活里再没有空余的地方能放这些东西了。有一个问题：英国有没有地震？如果没有，这方法就没法用了。但如果没有地震，我就多了一个与他一起住在王宫的理由，而不用说服他搬来我的公寓。

这时土豆跑来了。他是只棕色的小狗，跟那女人说的一样。他从我身边狂奔而过像是要去赶飞机。我刚意识到他就是土豆时，他已经跑开了。但他看起来很开心，所以我就想：真好。活出梦想来，土豆。

忘记学校访问吧。我要去酒馆。他们那里管酒吧叫这个。我要去酒馆。我要穿着那条他在梦里撩过的裙子。我会在那里看见他和他的朋友以及保镖在一起。他不会注意到我，他闪闪发光，胳膊上的每根金色的汗毛都发光。我会去点唱机里放上那曲《我要的只是一个奇迹》。这能给我信心。我会坐到吧台边要杯喝的，然后我会开始说一桩奇谈。奇谈能把人们卷进来，像是双手间的纱[1]。我会把吧台边的其他人卷进来。故事中有一个部分会需要他们的参与，他们得在关键时刻反复吟诵。我还没有想好故事，但是我会说，举个例子："我再次敲门并且大喊。"然后在吧台边的每个人都吟诵着："让我进去！让我进去！"最终，我周围所有的人都在吟诵这句话，人们好奇地聚拢过来，吟诵者的圈子越来越大。很快，威廉会奇怪怎么那么吵。他会带着个困惑的微笑走过来。这些平民在干吗？我看到他站在那儿，离我那么近，离我的每个部分都那么近，但我不能停下来，我要继续编故事，下次我再敲门的时候，他就会跟着其他人一起喊：让我进去！让我进去！如此一来，这个已经风靡半个英国乡间的有趣故事，就会有一条只有威廉王子才懂的妙语。这是一条全新的妙语，完全不同于那条"橘子你很庆幸我没有说香蕉"[2]。这条妙语会把他拉向我，他会站在我面前，眼睛里含着泪，他会请求我：让我进去！让我进去！而我会把他高贵的头颅放在

1　纱（yarn）在这里双关，有"奇谈"和"纱线"两种语义。

2　"Orange you glad I didn't say banana."是一条英文语境里的笑话。

胸口，因为故事还没有真正结束，我会说：

问问我的乳房，我那四十六岁的乳房。

他会对着它们低声喊道：让我进去，让我进去！

还有我的肚子，问问我的肚子。

让我进去，让我进去！

跪下，王子殿下，问问我的阴道，那丑陋的野兽。

让我进去，让我进去，让我进去。

太阳正在沉落，光芒像是来自史前；我不仅盲目，而且失落，仿佛失去了什么。而她再次出现，那个穿着黄色浴袍的女人。这回她坐在一辆红色小车里，还是没有穿上外套，依然裹着浴袍。她绝望地叫着“土豆”，甚至都忘记要把头探出窗外，她就这样徒劳地在车里呼喊，好像土豆还如上帝般与她在一起似的。她起伏的哭声太可怕了，是真正的哀号。她失去了爱人，她担忧着他的安全，事情真的发生了，就在此刻。而我还被卷了进去，因为神奇的是，我刚刚看到了土豆。于是我朝那辆车跑去。

他刚刚沿那条路跑了。

什么！

沿着埃菲路。

你怎么不抓住他？

他跑得太快了，我愣了一会儿才意识到是他。

是土豆？

是啊。

他受伤了吗？

没有，他看起来很高兴。

高兴？他是吓坏了。

她这么一说，我想起来他刚刚跑得太快了，她说得没错。他在盲目恐慌中奔跑，吓坏了。一个年轻的菲律宾男孩走到车边，站在那里，就像是灾难发生时人们常做的那样。我们无视了他。

他沿着那条路跑的？

是的，不过那起码是10分钟前了。

妈的！

她猛踩油门沿着埃菲路开去。男孩则与我待在一起，像是我们一直在一起。

她弄丢了她的狗。

他点点头，四处张望，好像狗就在这周围似的。

奖励是什么？

我不觉得会有什么奖励。

她得有个奖励。

这话有点蠢，但我还没有来得及说什么，那辆红色轿车又回来了。这回她开得很慢。她摇下车窗，我内心忐忑地走过去。她换了件睡衣。那件黄色浴袍揉成一个小小狗窝的形状放在副驾驶座位上，土豆在窝里，已经死了。我说太对不起了。那女人用一种觉得我得独自为此负责的神态回敬我，她根本不愿意再与一个职业的狗杀手多说一句话。我思考着还有多少其他事情经过我流向死亡。或许有很多。或许我像是指示着终点的死神一样与他们擦肩而过。这样比较容易解释。

她开车走了，又只剩下那男孩与我。我离自己的家只有几个街区的距离，但举步维艰。我不知道当我能再次迈步的时候会想些什么。威廉。谁是威廉。这种时候想到他令人感觉堕落，几乎是犯罪。而且令人筋疲力尽。突然之间，要维持我们的关系需要堆积如山的力量。她此刻或许正在花园里埋葬她的狗吧。我看看那男孩；他是王子的极反面。他一无所有。我妹妹还在念大学时，有时候带这样的男孩回家。她第二天早晨会打电话给我。

他那玩意儿还在裤子里的时候就已经半硬了，所以我知道那是个大家伙。

别再往下说了。

但当他脱下裤子的时候，我都惊了，我一心想着，求你了宝贝，把那玩意儿放进我里面吧，快点！

我知道了。

然后他掏出一小截黑色绳子似的东西，绑在他的鸡巴上，我想，这他妈是什么？而他却像个小男孩一样下流地笑起来。我穿上刚买的情色内裤，前面有个拉链可以一直拉到后面。但我猜想他对这个不太感兴趣，因为他扯掉了这些，叫我自己干。你听说过有男人这么说话的吗？自己干？

没有。

你当然没听过。不管怎么说，我就摩擦啊摩擦，把自己弄得超级湿润，而他却一再把他的家伙压到我的脸上，我快疯了，然后你都不会相信，他弄得我满脸都是。我都还没有放进去呢，你能相信吗？

嗯。

好吧。我想也是。我猜他真的太年轻了，可能从没见过如此白嫩的阴道。

然后我妹妹停下来聆听我从话筒传去的呼吸声。她能听出来我到了，我高潮了。所以她说再见，然后我说再见，然后我们挂断电话。这就是我俩之间的方式；一直就是这样的方式。她总是用这样的方式照顾我。如果我可以安静地杀了她而没有其他人知道的话，我会杀了她。

我看看那个男孩，他也正看着我，就好像我们已经达成了共识。我只不过站在他身边一分钟而已，就已经不知怎么的挑逗了他。我不能不跟他做个交易就走啊。

你能帮我洗车。

给多少钱？

10 块？

只给 10 块我是不会做任何事情的。

也行。

我打开钱包给了他 10 块钱，他沿着埃菲路走向某种死亡，我则走回了家。在我反复发生的梦境里，一切都已经崩塌，我被压在底下。有时候连续好几天我都在砾石下面爬行。我意识到这是一次大地震。这次地震摇撼了整个世界，每件东西都被摧毁了。但这还不是最可怕的。可怕的部分总是在我刚要醒来时到来。我爬着，然后突然想起来：地震在几年前就发生了。这种痛苦，这种将死未死，都是寻常事。生活就是这样的。我恍然大悟，事实上从来没有什么地震。生活就是如此，土崩瓦解，我竟还疯狂地期待着其他事情的发生。

楼梯上的男人

那个声音很轻，但吵醒了我，因为那是人发出的声音。我屏住呼吸，它又出现了，接着再一次的：是楼梯上的脚步声。我试图小声说，有人走上楼梯来了，但我的呼吸颤抖，不受控制。我有规律地捏着凯文的手腕，三下，然后两下，然后三下。我正试着发明一种能够进入他梦境的语言。但是过了一会儿我意识到，我压根就没有在捏他的手腕，我只是在挤压空气。我太害怕了；我竟然挤压空气。而声音还在继续，那个男人走上了楼梯。他走得尽可能慢，像是拥有世界所有的时间，天哪，他有的是时间。我从未对任何事情上心。这是我面对生活时的问题所在，我总是急急忙忙，被人追赶着似的。即使有些事情的全部意义就在于要慢，比如喝下午茶。我在喝下午茶的时候总是一口闷，仿佛正在参加谁喝下午茶最快的比赛。或者当我跟其他人泡着热水澡仰望星空时，我总是第一个说，这里太美了。你越早说这里太美了，就能越快接下面一句，哇，我已经热过头了。

楼梯上的男人走得太慢了，以至于我一度完全忘记了危险，几乎重新睡过去，却又被他的动静弄醒。我快要死了，而且这事将会没完没了。我不再试图警告凯文，因为我担心他醒来会发出声响，他可能会说，怎么了？或者，怎么了，宝贝？楼梯上的男人会听到，他会知道我们是多么脆弱。他会知道我男朋友叫我宝贝。他或许甚至会听出我男朋友的一丝恼怒，昨晚我们争吵之后他筋疲力尽。我们做爱时都喜欢幻想其他人，他喜欢告诉我他在幻想谁，我却不会。我为什么要说？这是我的私事。告诉我这些能使他亢奋又不是我的错。高潮到来时他也喜欢汇报，像是一只叼着死鸟做礼物的猫。我从未要求过他这样。

我不希望楼梯上的男人知道我俩之间的事。但他终究会知道的。在他打开灯，掏出他的枪，他的刀，或者他的石头的那一瞬间，在他把枪顶住我的脑袋，用刀抵住我的心脏，或者拿石头砸向我的胸口的那一瞬间，他会知道。他会从我男朋友的眼睛里读到：*你可以得到她，别杀我*。而他会从我的眼睛里读到：*我从未懂得真爱*。他会同情我们吗？他会明白这是怎样的感受吗？大部分人明白。你总是感觉你是世界上唯一落单的。而其他每个人都为彼此疯狂，但这不是真的。总的来说，人们并不特别喜欢彼此。朋友之间也是这样。有时候我躺在床上，试图想清楚到底哪个朋友是我真正关心的，而我总是得出这样的结论，一个都没有。我常常想，他们只能算是我的开胃菜，而真正的朋友会随后出现。但其实不是。他们就是我真正的朋友。他们是一些做着自己感兴趣的工作的人。我的老朋友玛丽莲很喜欢唱歌，她在一所知名的音乐学校里做注册办公室的头头。这是份好工作，但比不上只要开口唱歌好。啦。我总觉得自己会和专业歌手成为朋友。爵士歌手。我希望自己最好的朋友是一位爵士歌手，同时还是一个莽撞且安全的司机。这更像是我对自己生活的勾勒。我还想象朋友们崇拜我。我的朋友们觉得我讨厌。我幻想重新来过，把悬于头顶讨厌的印象抹去。我觉得现在我有解决办法了；我主要有三个令人讨厌的地方：

我从来不回电话。

我假谦虚。

我对于以上这两件事怀有失调的愧疚感，让我不好相处。

回电话和谦虚得更真诚些都不太难，但对我那些朋友来说太晚了。他们不会知道我不再是个讨厌的人。我需要全新的朋友，他们会觉得我有趣。这就是我的第二号问题：现有的东西永远无法令我满足。这与我的第一号问题携手并列：匆忙。这两个问题也不完全是手拉着手，而更像是同一头怪兽的两只手。或许它们就是我的手：而我正是那头怪兽。

凯文在我迷恋了他十三年以后才真的喜欢上我。一开始他对我没有兴趣，因为我还是个孩子。我十二岁，他二十五岁。等我十八岁以后，他仍然花了超过七年的时间才不再把我当作他的学生，而是当作成年人。我们第一次约会时，我穿着一条十七岁时买的裙子，是特意为了这一天买的。裙子已经过时了。在去餐厅的路上，我们停下来加油。凯文付钱时，我坐在车里看着外面清洗挡风玻璃的男孩。那男孩认真仔细地使用着刮水器，仿佛这工作绝不仅仅是他的兴趣爱好，而是他所想要的全部。啦。我们开出加油站时，我透过干干净净的车窗望着那个男孩，心想：我应该与他在一起才对。

楼梯上的男人停顿了很久，久到不可思议，我忍不住想他是不是有什么问题。他可能是残疾人或者年纪很大了。也有可能仅仅是太累了。他大概已经杀了这个街区所有其他人，现在累坏了。有那么一会儿我几乎能看到他靠在楼梯扶手上，视线穿过黑暗。我也睁着眼睛。而凯文睡着了，他在那么远的地方，永远如此。静默变得越来越长，直到我开始猜想那男人还在不在那里。唯一的动静就是凯文的呼吸声。如果我的余生都要在这张床上听凯文的呼吸声会怎么样。但是，瞧。一个响亮清晰的嘎吱声从楼梯井里冒出来，而我感到毛骨悚然的释然。他真的在那里，他在楼梯上，正在用他那惊人缓慢的步子靠近。如果我还能活着看到天光，我将永远也不会忘记这一课。

我掀开被子跳下床。我只套了件T恤，没有穿裤子，谁在乎啊。可能他也半裸着呢；可能他还没有头，浑身是血。我站在楼梯门道最上面的那格台阶上。这里比卧室里更黑，什么都看不见。我站着，要么等待死亡，要么等待眼睛适应黑暗，随便哪种情况先发生。在我能看见任何东西前，我听到了他的呼吸声，他就在我跟前。我往前靠，能感觉到他的呼吸。我能够嗅到他的坏心眼。这不好，他不是个好人，也没安好心。我站在那里，他也站在那里。他呼出的苦涩空气能让女人质疑一切，而我一如既往地吸了进去。然后我吐出灰尘，那是被我怀着疑虑所摧毁的一切的粉末，被他吸入肺里。我的眼睛适应了黑暗，我看见了一个男人，一个普通人，一个陌生人。我们注视着彼此的眼睛，突然之间我勃然大怒。滚开，我低声说。滚开。滚出我的房子。

我们离开加油站以后，开车去了一间餐馆，凯文以为我会喜欢那里。而我还在想着那个拿刮水器的男孩，并且我故意做了所有与凯文的愿望相违的事。我没有要甜点或葡萄酒，只要了一点不好吃的色拉。但他没有放弃；在开车回我家的路上，他说着笑话，可笑的笑话。我下定决心不笑；我宁愿死也不要笑。我没有笑，我没有笑。但是我死了，我确实死了。

姐妹

常常有人问我想不想见见他们的姐妹。有些女人一直未婚，也不太折腾她们的外貌，时光从未从她们身边悄悄溜走。这些女人都有兄弟。她们的兄弟又通常会认识一个像我这样的男人，单身老男人。单身男人总有一两个大问题，但兄弟们觉得他们的姐妹可以容忍。比如说他们仍然爱着死去的妻子。我没有这样的问题；我从没爱上过谁，不管是活着还是死了的。但很多像我这样的男人都会遇到这样的问题。我们常被介绍给朋友的姐妹。她们什么年纪都有，而我过了一段时间才意识到这点。我没有亲兄妹，但我记得学校里的男孩讨论他们的姐妹，所以我总以为她们都是那个年纪，在校生的年纪。我想不想见他们的姐妹？起初，我见到高大的上了年纪的姐妹大吃一惊。但当然如今每个人都老了，即便是那些男同学漂亮的姐妹们。我已经很久没有遇见小女孩了。像我这样的男人，单身男人，我们是最不可能被介绍给小女孩的。我能用一个词告诉你为什么。强奸。

这个世界上几乎所有的钱包都是在一个地方制造的，迪根皮革。即便上面贴着不同的标签，即便一个说是斯里兰卡制造，另一个说是美国荣誉出品，其实都是在加利福尼亚里士满的迪根皮革配装的。等你在这家工厂连续工作满二十年，他们会给你办一个夏威夷潘趣酒派对，并且你将自动在你的余生获得免费钱包。维克托·西泽-桑切斯和我是目前为止仅有的两个办过派对的人。我们玩一个游戏叫作“你可以用无穷无尽的钱包做出些什么好东西”。举个例子来说，好东西可能是一幢皮革房子，或者一架真会飞的皮革飞机。直到维克托的妻子去年去世，我才知道她叫卡罗琳。因此我猜她不是墨西哥人，和维克托不一样；但一直以来我都以为她是墨西哥人。我也不知道维克托还有一个妹妹，直到他问我说，你想见见我妹妹吗？她名叫布兰卡·西泽-桑切斯。我再次犯错，把他的妹妹想象成少女。一个穿着白裙子的少女，刚刚长出小小的乳房。我当然想见见她。

他安排布兰卡与我在一次艾滋病慈善派对上见面。那里大部分都是二三十岁的年轻人，我心想他们是不是布兰卡或者布兰卡的朋友。我尽量容忍他们。还有些四十多岁、五十多岁、六十多岁和七十多岁的人，他们也有可能是布兰卡，如果布兰卡还是个孩子的话，他们还可能是布兰卡的父母、祖父母甚至是曾祖父母。有几个孩子在屋子里跑来跑去，她们是兄弟们的姐妹，她们也可能是布兰卡或者布兰卡的外孙。夜晚缓缓流逝。我遇见维克托好几次，他告诉我他刚遇到他妹妹，转眼又不见了。然后他说不到十五分钟前他还叫她到我的桌边来做个自我介绍，难道我没遇见她？我没有啊。

好吧，你觉得她怎么样？

我没有见到她！

噢，我以为你说你见到了。

没有，我说我没有。我没有。

唉，真遗憾。我想她已经走了。她告诉我说她喜欢你。

什么？

她说她想再见到你。

但我还没见过她！

注意你的语气，你可是在说我的妹妹。

我身高六英尺三，体重一百八十磅。我有一头渐渐变少的灰色头发。我不强壮，但是新陈代谢天生很快，所以我很瘦。除了有些小肚子。

布兰卡在接下去的几个星期里不断进出我的生活，

但她从未靠近到让我足以看到她。我以各种方式错过她，以至于我已经开始了解她了。我知道她的每次缺席都弥足珍贵，为此我精心打扮。我穿了一件在七十年代无法驾驭的西装，现在却感觉正好。这件西装不同寻常，是几乎发白的浅米色。你不太能看到有很多西装或夹克是这个颜色的。这成为了我错过布兰卡的制服。

她昨晚在小泡泡酒吧?

是啊！你见到她了?

没有。

我告诉过她你有时候会在那里。她时不时去那里看看。

我想见她。

她也想见你。

维克托，她得来见我。我梦见她了。

她看起来怎样?

她是个天使。

那就是布兰卡，她就是这样的。

她是金发吗?

不是，她的头发是深色的，跟我一样。

褐发妞。

好吧，我不知道该不该这么说。

你刚刚自己说的。

是啊，但我就是不愿意听到别人这么叫我妹妹。

褐发妞？这没有什么不好。

是没什么。是你说话的语气有问题。

从一个每晚靠两只手打飞机的男人嘴里说出“褐发妞”，这都是她造成的。她在我附近的时候我能感觉到，因为我的呼吸会加重。整个房间的气氛随之变得不一样：她的气味萦绕在我脸庞，我知道她就在那里，而且我忍不住把她想象成少女。即使这样毫无道理。酒吧里满是男人和烟味，但是我能看到她，就躲在哪个人身后，正好在我视线之外，她穿着紧身牛仔裤和网球鞋，嚼着口香糖，耳朵上打着洞，头发用带子绑到后面。是丝带或者其他什么塑料发带。还有耳洞。我已经说过这个了。好吧。这就是我所看到的。有人可能会说这样的女孩还没准备好跟男人谈恋爱呢，尤其是一个六十好几的男人。但关于这个我得说：我们什么都不知道。我们不知道怎么治愈感冒，也不知道狗在想什么。我们做出可怕的事情，我们制造战争，我们出于贪婪而杀人。所以我们凭什么谈论如何去爱。我不会强迫她的。没必要那么做。她会要我。我们会相爱。你们知道什么。你们什么都不知道。等你们治好艾滋病的时候再告诉我吧，给我打个电话，我会接的。

一天里总有好几次，我感觉需要她。当我走路或者搭公车去迪根皮革的时候，当我挪动的时候，当我静止的时候。当我检查钱包的时候，就连最后一个金属扣都那么完美。日复一日，没有纰漏，只有累积的压力，除非传输带倒转或者金属搭扣丢失，才能阻止不断增长的迷惘。有的人永远向前，不退缩，不哭喊。但是我呼喊着，布兰卡！当太阳升起来，那么高，那么明亮，或者当它西落，远远沉入山里，我都能感觉到心中有种同样明亮的东西正在下坠，我呼喊着，布兰卡。我对着我的心灵呼喊，仿佛她如一枚鸡蛋般在我心里。如鸡蛋般洁白幼嫩，如鸡蛋般呼之欲出。

我从未太关心过维克托，但现在他成了大人物，因为他是布兰卡的哥哥。维克托对我的态度也不一样了，他更像是把我当成了他家庭的一员。仿佛布兰卡和我已然是一对夫妇。他邀请我和布兰卡以及他的父母一起家庭聚餐。聚餐在老人家里，而西泽-桑切斯夫妇是我见过活着的人里面最老的。他们进食都靠静脉注射。当我问起桑切斯太太她的女儿在哪里，她看起来极其困惑，我只能由着她去。墙上挂了张她的照片，不是布兰卡的照片，是她母亲年轻时的。她的眼睛里有种布兰卡的神态，像是在说：你呀，到这儿来。维克托与他的父母交谈，仿佛他们真能听懂似的，但我知道他们听不懂。他给了他们每人一个包，那种时髦 SOHO 风格的卵石花纹挎包。他的父母都已经站不起来了，而这种挎包确实需要人站起来背啊。走路，生活，需求，照顾，背包。他们远不能应付这些事了，但我没有发言权，在我有能力给予我父母任何东西之前他们就死了。维克托和我吃着我们自己带来的中国炸鸡，然后我们看了个夫妻比赛装修厨房的节目。维克托开车送我回家，我们在车里沉默着，实在没什么可说的。这简直是第八百万次，她没有出现。

我从来没有爱过谁，我一直是个平和的男人，但现在我焦虑万分。我不时自己伤到自己，就好像我变成了两个笨手笨脚的家伙在打架。我抓东西太紧，翻书时撕破书页，又会突然失手掉东西，砸坏盘子。维克托整个星期都陪我吃午饭，试图用一些无趣的事情来吸引我的注意力。最后，他邀请我去他家与布兰卡一起喝一杯。我知道是怎么回事。一定是我自得其乐的沉默惊到了他父母。有的人不习惯沉默。我却不是。我从来不在乎一唱一和。有时候我想到一些可以说的，我便问自己：值不值得说呢？并不值得啊。我穿了过去每次我以为会见到她时会穿的衣服，一身米白，但这次我更小心，我在套上裤子前先把衬衫塞进了内裤里，我拉起裤子时，裤脚抚过我的腿毛。我注意到一切细节，我像是通了电。

布兰卡当然迟到了。维克托和我为此大笑起来，我真的在笑，因为这一切已经变得前所未有的有趣。天哪那个女孩！她知道如何挑逗一个男人。维克托和我为布兰卡和她的迟到举杯。我替她倒了满满一杯，为她一饮而尽，为我的女孩！我的小女孩！

到了午夜，维克托清清喉咙说有件事他一直没有告诉我。

她不来了？

不，她会来的。

哦，那就好。

但是今晚我有个小小的计划，为你和布兰卡。

什么？

我有个 E 计划。

什么 E 计划。

迷幻药。[1]

哦。

你试过吗？

没有。我还是喝我的啤酒好了。

你会喜欢的。

我试过一次大麻，结果不舒服了整整一年。

这个不一样；这会让你与布兰卡在一起感觉舒适和放松。

1　原文为 Ecstasy，所以称为 E 计划。

我不觉得她会喜欢我放肆。

相信我，她会的。她过来时会赶上那第三颗药丸。

布兰卡喜欢这种东西?

当然。

她是不是那种……疯狂的叛逆少女。

你知道她就是那样的。

上帝，我觉得她大概是这样的，但是我不想问。

把药丸放在舌头底下，像这样。

好吧。她十七岁?

是啊。让我们来听听音乐吧，慢慢等待药效到来。

我们坐在维克托的沙发上，听着约翰尼·卡什，或者是其他哪个听起来像他的。一个唱着牛仔之歌的牛仔歌手。我想着布兰卡，感觉她正在靠近我。我几乎能听到楼下街道上她的脚步声，她飞奔上楼，门砰然打开的声音。我一次又一次地想象着，希望门正好在我想象它打开时打开，那样简直就是美梦成真。音乐，牛仔，也是梦的一部分。空气变得黏稠，我仿佛在头脑之外思考。我的思绪飘在空中，像骑马一样驾驭着音乐。我开始把维克托想象成一个牛仔。我不知为何说了出来。即便我并不喜欢交谈，我还是说了出来。

维克托。

嗯。

你就好像是个牛仔。

嗯。什么牛仔？

你正唱着歌，牛仔之歌。

那就是我，没错。你听到我声音里的悲伤了吧。

是啊。

我悲伤极了。

我能听出来。

我想你也有着相似的痛苦。

是啊。我太想见到她了，维克托。你不会明白的。

我明白。

你能给我看张照片吗？求你。

你知道我做不到。

为什么做不到？

坐到沙发上来。

我坐到维克托旁边，我知道药物正在发生作用。他握着我的手，而我越来越用力地揉搓他的胳膊，感觉还不错。但是接着，揉搓蔓延到我们全身，我们整个巨大的苍老的身体。这就像是在做爱。我想到老鹰们彼此做爱，然后我想起来它们不做爱，它们是生蛋的。我把他推开。

如果布兰卡走进来怎么办？你是她的哥哥。

我们把衬衫脱掉吧。裤子还是穿着好了。

你是同性恋?

我说裤子还是穿着好了。

这药效什么时候会结束?如果我喝点水,是不是会结束得快些。

就让它发生吧。没关系的。就让它发生吧。根本没有布兰卡。

在整整三小时里我都无法相信他。我坐在维克托的卧室里,他还待在沙发上,我们等待着药效过去,同时我还等待着布兰卡。但药效过去以后,我突然意识到他是对的,过去的三个月我都如同在毒品的幻觉里,而现在我醒了。我走出卧室,坐到沙发上。

我感觉自己杀了她。

很抱歉。

你有过什么妹妹吗?

没有。

那为什么你要带我去见你父母?

我希望他们能在死前见见你。

哦。

空气仿佛在倍增,我甚至无法思考维克托说的话,因为我太担心自己跟不上空气。我试图把自己想象成是呼吸机。我告诉自己:你不会因为过量呼吸而死,因为你是一台呼吸机，会适应房间里空气容积的变化而自动调节。

他说，跟我说说那些女孩。

什么女孩?

你喜欢小女孩。

不是，我喜欢少女。

你在哪里与她们见面?

什么?我不那么干，我只是想想。

那不错。

是啊。我不会那么干的。

即使与布兰卡也不会?

是啊，我想我不会，但是她……这是两码事。

你不喜欢成熟的女人?

我没有遇见过喜欢的。

那你与女人上过床吗?

当然。

男人呢?

没有。

维克托用他的胳膊抱住我，我觉得胃很不舒服，下体也一样。发烫难受，我不得不摩擦它好让头脑清醒。维克托也摩擦起来，眼泪从他的面颊和嘴唇上滑下来。我想揍他，在他的身体里揍出一个洞，再用我的身体来填满，我正在，我正在这样做。现在他开始像布兰卡一样啜泣，像个孩子。高潮的时候，我射在沙发上。我不想射在他身体里，因为精液会胡作非为。但是他从沙发上把它们舔掉，然后又给了我一个深深的舌吻，所以不管精液能做什么，它正对我做着。然后我们睡过去。这一觉睡了足足有一百年。等我们醒来，依然是夜晚，维克托越过我的身体，打开台灯。

我们是两个上了年纪的男人。一切看起来都很正常，甚至过分正常。房间里有只苍蝇四处嗡嗡叫着，像是在告诉我们这里没发生过什么值得大惊小怪的事。我开始思考工作，以及那些负责打孔的新工人们。我得记得告诉他们加热封口机上的螺丝钳掉了。我知道如果我说出这些，如果我说出“打孔”这个词，那么一切就又回到原来的样子，永远，阿门。

我们明天得跟新工人谈话。

嗯？阿尔比不是星期三培训他们吗？

是啊，不过那些……

我就快要说出“打孔”，“打孔”这个词从我喉咙底部潮湿的黑暗中涌起，我扭曲着脸就要吐出 G[1] 这个音。这个瞬间，那只嗡嗡乱叫的苍蝇跌跌撞撞地扑到我

1 原文中“打孔”为 grommeting，因此发音是以 G 开头的。

耳边，出于动物本能，我凶残而不加思索地扇过去，打翻了台灯。台灯硬生生地摔碎了，溅得满地的碎片显得那灯足有原来的十二倍那么大。最后，灯泡像烟花般炸开，安静坠落，渐渐熄灭。我们什么都没说，但是黑暗的突然回访成为了一个问题，像挑起的眉毛般等待着。接下来不管我做什么，不管我说什么，都将决定着我的人生。我没有说“打孔”，但是那个 G 卡在我的喉咙里，聚拢起声音。

我咆哮了。

维克托立刻转向我，把他的脸贴住我的脖子。新生活就这样在一声咆哮后，轻易地到来。

这个人

某人感到兴奋。某人在某处兴奋得发抖，因为有惊人的事情将要发生在这个人身上。这个人已经为此打扮了一番。这个人期待着，做着梦，而现在一切就要成真，这个人却几乎不能相信。但相不相信都无所谓，信念与幻想的阶段已经过去，事情真的真的正在发生。只需举步向前，鞠躬行礼。或许还要下跪，像被授予爵位那样。一个人几乎绝不可能被授予爵位。不过这个人可以下跪，被佩剑轻叩两边肩膀。或者，当事情发生时，这个人更有可能正在车里或者商店里或者塑料雨篷底下。也可能在上网或者打电话。可能是一封回复过来的邮件说：你被授予爵位。也可能是一通长长的、欢声笑语的、闹哄哄的电话录音，这个人认识的每个人都对着听筒说话，他们都说，你通过了测试，这不过是个测试，我们只是开个玩笑，真正的生活要比这好得多。这个人释然地大笑起来，把录音倒回去找聚会的地址，这个人认识的每个人都在那里等着拥抱这个人，欢迎她重归生活。这真叫人激动，而且这不只是梦，这是真的。

他们都在公园里一张野餐桌边等着，这个人以前曾经开车经过无数次。他们全部都在。气球被绑在长凳上，过去在公交车站站在这个人旁边的女孩挥舞着一面横幅。每个人都在微笑。有那么一会儿，这个人差点被这番场景吓到，但是在这人生中最快乐的一天里垂头丧气可不好，于是这个人振作起来，加入了人群。

老师们来了，这个人甚至都不擅长那些学科，而老师们亲吻了这个人，并且宣布放弃自己所教的那门课。数学老师说，数学不过是另外一种说"我爱你"的有趣方法。但现在他们就直接说我爱你，化学和体育老师也这样说，而且这个人知道他们真是这样想的。太神奇了。也有浑蛋、白痴和蠢货们不时出现，他们都像是做了整容手术，爱摧毁了他们的脸。英俊的蠢货和蔼可亲，丑陋的浑蛋贴心可爱，他们把这个人的毛衣折好，放在不会弄脏的地方。最好的是，这个人爱过的每一个人都在。就连那些离开的人也在。他们握住这个人的手告诉这个人，要假装发疯开车离去并且再不回头是多么艰难的事。这个人几乎不能相信，这看起来太像是真的了，这个人的心早就碎了又愈合了，现在这个人不知道自己该想些什么。这个人快疯了。但是每个人都安慰这个人。每个人都解释说绝对有必要知道这个人是多么坚强。噢，看，那个医生开的药曾经让这个人暂时失明。还有那个男人在这个人穷困潦倒时付给这个人 2000 美元与她做爱三次。这两个男人都出席了，他们看起来彼此认识。他们都带了枚小小的奖章要佩戴在这个人身上；这是巨大的荣耀和力量的象征。奖章在阳光下闪闪发光，大家都欢呼起来。

这个人突然想要查看一下邮政信箱。这是个古老的习惯，即使从现在起所有事情都好得不得了，这个人仍然想要信件。这个人说她去去就回，这个人认识的每个人都说，好，不着急。这个人跳进车里开去邮局，打开信箱，里面空空如也。即便今天是星期四，众所周知的收信日。这个人非常失望，回到车里，完全忘记了还有野餐这回事，开车回家，查了查语音信箱，没有新的留言，还是旧的那些“通过了测试”和“生活会更好”。也没有电子邮件，可能是因为所有人都在野餐。这个人看来是不会再回去野餐了。这个人意识到待在家里意味着要无视自己认识的所有人。但是待在这里的欲望太强烈了。这个人想要洗个澡，然后在床上看会儿书。

这个人在浴缸里摆弄着肥皂泡，聆听着成千上万个泡泡同时破裂的声音。这几乎是一个流畅的声音，而不是无数个细小的声音。这个人的乳房差不多刚刚露出水面。这个人把肥皂泡堆到乳房上，摆出各种奇怪的形状。现在每个人一定都已经意识到这个人不会再回去野餐了。每个人都错了；这个人不是他们所以为的那样。这个人扎进水里，头发像海葵般动来动去。这个人可以在水底下待好长的时间，但仅仅是在浴缸里。这个人想会不会有一个在浴缸里屏气的奥林匹克比赛。如果有这样的比赛，这个人一定会赢。一枚奥林匹克奖牌会把这个人从所认识的每个人的目光里解救出来。但是没有这样的比赛存在，所以也不会有救赎。这个人为她毁掉了自己被每个人爱的机会而哀悼；当这个人爬上床时，悲剧的重量仿佛压在她的胸口。这重量让人感到安慰，差不多是一个人的重量。这个人叹了口气，闭上眼睛，睡着了。

罗曼史

她说，我们就是这样与动物区别开的。睁着眼睛，这样能看到布。我们的脸上都遮着块白色餐布，光线渗透进来。在里面看起来还更明亮些，仿佛餐布能过滤掉房间里其余部分的黑暗——从物件与人们身上释放出来的黑暗射线。导师一边说话一边四处走动，这样她就像是无处不在。她的脸和卷发被遗忘了；只有声音和白色的光芒，这两样东西结合在一起就像是真相。

你永远不会是世界的一部分。她站得非常近。

人类在脸的前面那一块小小的区域里创造了自己的世界。现在她在房间那头。

为什么你们认为我们是唯一会亲吻的动物？她又靠近了。

因为我们的脸前面的那块区域是我们最私密的地带。她吸了口气。这就是为什么人类是唯一浪漫的动物！

我们安静地在餐布底下思考。她怎么会知道？那么狗呢？狗能感觉到的事情不是我们的一百倍吗？但是我们看不到彼此的眼睛，无法达成怀疑的共识。而她的声音里怀有激动人心的确凿，使人不由自主地相信她。既然你可以让手指成为手的一部分，为什么要缩回手指呢？这就是手！当然！手指和手是一回事，它们的差别就像是镣铐。我看见光线正穿透餐布。

你面前小小的世界是一个幻觉，浪漫本身是一个幻觉！

我们倒吸一口气。但这口气也吸得慢半拍，我们是慢组的。连分餐布这种事都搞不定。最后我们决定先拿上自己那块，剩下的传递下去。

浪漫不是真实的，餐布下的世界也不是。但因为你是人类，你永远不能掀起餐布。这样你或许就能学会如何成为最浪漫的女人。这是人类力所能及的事：浪漫。你们现在可以拿开那块布了。

我们觉得自己或许做不到，因为我们是人类，但餐布还是滑落下来，讲堂似乎比之前更暗了。我希望我们现在可以是另一种动物，那种可以成为世界的一部分的动物。但是布只是一个隐喻，而我们是四十个在星期天早晨聚集在一起试图变得更浪漫的女人。一个女人的头上依然盖着餐布，她大概是睡着了。

我们努力学习，因为我们想要得到成果。我们彼此做对方的镜子，我们吸进去不，吐出来是。我们用手握住自己的脚踝，假装它们是其他人的脚踝，然后我们试图奔跑，假装是其他人在试图奔跑，是其他我们所爱的人在试图离开。我们抓住他们的脚踝，我们吸进去不，吐出来是，我们松开脚踝，四十个女人绕着讲堂奔跑。然后我们围拢起来坐下，谈论起费洛蒙和其他各种迷惘。

记住，你们不需要让整个世界变得浪漫，整个卧室都没必要。只要你们面前那块小小的空间就行了。这是块很容易操控的区域，即使上班族女性也会认同。因为当他看着你的时候（或者她——浪漫绝无偏向！），他必须要透过你面前的空气。那片空间被污染了吗？它是玫瑰色的吗？它是雾茫茫的吗？午休的时候思考下这些问题。

我们吃着三明治，透过面前的空气彼此打量着对方。空气看起来清澈，但或许并不是。我们喝着免费苏打水，拼命思考这个问题。这可能会改变一切。

我起身独自站到走廊里，把脸贴住墙壁。墙是木质壁板的，闻着有股尿味，很多东西都这样。浪漫。我的公寓。浪漫。我的本田车。浪漫。我的皮肤状况。浪漫。我的工作。

我转过头，把另一半面颊贴向墙壁。

铃声把我们召集回去做总结讨论。浪漫。我从未拥有能聊得来的朋友。浪漫。灵魂。浪漫。其他星球上的生活。浪漫。我望向走廊尽头。有人在那里。是特里萨，镜像呼吸练习时我们曾经是搭档。我们同步自己的呼吸，再切分节拍，然后我们讨论彼此的感觉以及哪种更浪漫。正确答案是切分节拍更浪漫。

我走过走廊，看见特里萨正挨着张椅子坐在地板上。这是个不好的信号。这样会越来越糟，人最好就是坐在椅子里，饿了就吃，睡醒了就起床工作。但是我们都曾经有过这样糟糕的时候。椅子是为人准备的，而你并不确定是否是为你准备的。我在她身边蹲下。我抚摸着她的后背，又停下来，觉得这样可能太亲密，但停下来又显得冷漠，于是我轻轻拍打她的肩膀，这样我的手就只有三分之一的时间是触碰到她的，另外三分之二的时间里，我的手不是正在拍向她，就是正要离开她。我拍的时间越长，就越艰难；我过分在意拍打的间隔，无法找到自然的节奏。我觉得自己像在敲打一只康加鼓，一想到这个，我就拍出一个小小的恰恰恰的节奏，而特里萨哭了起来。我停下来拥抱她，她也回应了我。我把一切都弄糟了，特里萨的悲伤又降到了下一个等级，而我在那里与她汇合。那里泛滥着共同的悲伤，我们抱头痛哭。我们能闻见彼此的洗发水和我们用的洗衣粉的味道，我闻出来她不抽烟，而她爱的那个人抽，她也能感觉到我很大只，但这不是生来如此，也不会一直如此，只要等我再次找到自己的出路。我们牛仔裤上的纽扣碰来碰去，我们的乳房交换着陈年旧事，它们被过度使用或者未经挖掘，有时洪水，有时饥荒，有时不管不顾，随波逐流。我们哭湿了彼此的衬衫，哭泣像灯塔般在前方引领着我们，寻找新的被遗忘的悲伤，这些悲伤在多年前就礼节性地死去，事实上却没有死，只要一点点水就会复活。我们爱过不该爱的人，然后嫁给其他人为了忘却那不可能的爱，或者我们曾经对着世界的大锅喊出一句你好，又在得到任何人的回应前就拔腿逃跑。

永远在逃跑，永远渴望回头，永远越离越远，直到最后，成为电影里的一幅场景，一个女孩在屏幕里对着世界的大锅喊出一句你好，而你只是一个与丈夫坐在沙发里看电影的女人，他的腿搁在你的膝盖上，你却想要起身上厕所。有许多如此普通的事情会让我们哭泣，但哭泣的最大理由是为了浸湿面前的那片空气。这就是浪漫。不是坠入爱河，而是在分享我们肩膀、胸口和大腿间的空气。大片大片的空气。我们渐渐慢下来，停止哭泣，在一段长长的静默之后，我们互道再见，各自分开。喜悦的到来像是从夏威夷吹来的暖风，吹干我们的眼泪，扫清我们重返现实世界的道路。能一起待在椅子旁边可真好。我们握着彼此的手，哈哈大笑，假装的尴尬渐渐变成真实的存在。

特里萨轻快地拍拍身后的灰，仿佛刚刚只是跌了一跤。我也把羊毛衫的袖口拉了下来。我们穿过走廊回到讲堂的时候，正赶上帮忙收拾椅子。要把这些椅子堆起来并无章法可言，所以一不小心就弄出很多椅子堆来，重得举不起来，又没法彼此交叠在一起。于是不同高度的椅子堆都孤独地杵着。我们收拾起皮包，走向各自的车。

一无所求

在一个理想的世界里，我们都是孤儿。我们觉得自己像孤儿，应该得到孤儿们所获得的怜悯，可实在尴尬的是，我们有父母。我甚至还有两个。他们绝不会放我走，所以我没有告别；我就收拾了一个小包，留下一张纸条。在去皮普家的路上，我兑现了我的毕业支票。然后我坐在她的门廊等她，假装我只有十二岁，或者十五岁，甚至十六岁。在所有这些年纪里，我都向往着今天；我甚至想象着坐在这里，最后一次等待皮普。而她的情况则完全相反，她的妈妈会放她走。她妈妈有双巨大肿胀的腿，这是一种严重病情的征兆，而且她还整天过量使用大麻。

我们要走了，妈妈。

去哪儿?

去波特兰。

你能先帮我做件事吗？你能把那里的杂志递给我吗？

我们像无依无靠的人一样急切地想要开始自己的生活。要找到一间公寓很容易，因为我们没什么要求；我们只会惊叹，这是我们的门，我们的破地毯和我们的蟑螂虫害。我们用纸横幅和中国灯笼来装饰房子，合用原本就摆在屋子里的古董床。这对于我们中的一员来说非常刺激。我们中的一员一直爱着另外一个人。我们中的一员生活在永恒的渴望里。但我们还是孩子的时候就认识了，似乎注定只能像孩子那样睡在一起，或是像是在性革命前就在一起的老年夫妇，面对新玩意儿面红耳赤。

我们为找工作而兴奋不已；不管去哪里都要填上一张求职表格。而当我们被雇用做家具打磨工人时，又无法相信竟然有人能整天干这个。每件被我们想当然认为是这个世界本身的东西，其实都是别人的劳动成果。每根人行道的横线，每块咸饼干。每个人都得为破地毯和门付钱。我们吓坏了，赶紧辞职。一定还有其他更体面的生活方式。我们需要时间来思考自我，想出一个有关我们是谁的理论，再配上音乐。

心里抱着这样的目的，皮普想出一个新计划。我们决心要实现它；一连三个星期，我们写啊写，不断给当地报纸投发广告。最后，《波特兰周报》刊登了出来；

这不是公然的卖淫广告，但我们的读者自然会明白它的意思。我们把目标瞄准爱女人的富婆。真有这样的事吗？我们当然也接受有存款的普通女人。

广告刊登出来才一个月，我们的语音信箱就被弄爆了。每天我们都要在上百个男人里筛选那个愿意为我们付房租的特殊女人。可是她姗姗来迟。或许她根本不读免费周报的广告。我们焦虑起来。这是我们在不自我妥协的前提下赚钱的唯一手段。我们能把失业食物券当租金付给房东希尔德布兰德先生吗？我们不能。他会喜欢皮普的祖母借给她的旧相机吗？他也不会。他希望我们用传统方式付钱。皮普严肃地开始在录音留言里翻找一位绅士。她听留言的时候，我望着她男孩子气的脸，意识到她很害怕。我想着她糕点般的小屁股，两腿间错综的温暖世界。我祈祷那是个衰老的男人，只想要看我们穿着内衣跳来跳去而已。突然，皮普咧嘴一笑，写下一个名字。利安娜。

正如利安娜在电话里描述的那样，公车把我们放在石子车道的尽头。我们告诉她我们的名字是阿斯特丽德和塔卢拉，我们希望“利安娜”也是个假名。我们希望她穿着吸烟夹克，或者戴着长围巾。我们希望她熟悉阿娜伊斯·宁的作品。我们希望她不是电话里听起来的那样。不穷，不老，不随随便便付钱给任意一个愿意开车到尼黑勒姆这个人口只有 210 人的地方来陪伴她的人。

皮普和我沿着石子路走到那幢小小的棕色房子前。已经闻见一股难闻的烹煮食物的气味。一个皱着眉的女人来到门廊。我们带着优越感无法辨识她的年纪，我们在生活中从不曾留意衰老的身体。她或许和我妈的姐姐一个年纪。而且跟林恩阿姨一样，她穿着紧身裤，宝蓝色的紧身裤，以及一件宽大的绣花纽扣衬衫。我的头脑因为紧张害怕而膨胀。我看着皮普，有那么短暂的一秒，我觉得在我生命的宏图里，她并不特殊。她只是一个在跳河的时候把我绑在她腿上帮助她下沉的女孩。然后我眨眨眼睛，又再次爱上了她。

她挥挥手，我们也挥挥手。我们挥着手走向她，直到近得可以说你好，于是我们说你好。现在我们靠近得足以拥抱对方，但是我们没有。她说，进来吧，里面漆黑一片，没有孩子。当然不会有孩子。皮普像我们事先说好的那样立刻要了钱。开口索取总是令人难堪。我们希望自己像壁画一样，一无所求。可是就连壁画也需要修复。利安娜招呼我们坐下，说我们比她想象得更年轻。我们坐在一张旧的皮革沙发上，她离开了房间。这真是一个可怕的房间，杂志堆得到处都是，家具像是从汽车旅馆搬回来的。我们不看着对方，也不去看任何反光的物件。我只好盯着自己的膝盖。

很长一段时间我们不知道她去哪里了，然后慢慢地，我能够感觉到她就站在我们身后。我意识到的时候，她的指甲正要穿过我头发。我不觉得她性感，但现在我明白自己其实什么都不懂。好戏开始了，每过去一秒钟我们就更接近终点。我对自己说长指甲等同于财富；想起财富总能让我平静下来。我假装自己闻到香水味。如果我们都用了昂贵的洗发水会怎么样。如果我们整天开玩笑，什么都不在乎会怎么样。我的头脑放松下来，做起那套想象自己成为甜心的练习。我的思维已经慢到无法为其他任何工作运转的速率。每四秒里只有一秒是活着的，一个小时里只有十五分钟有意识。我看见她穿着件不怎么干净的吊带衬裙站在我们面前，我死了。我看见皮普脱下她的鞋子，我死了。我看见自己正捏着她的乳头，我死了。

在长长的回家路上，我们谁都没有说话。我们像是两个往相反方向飞去的风筝，线却拽在一只手里。我们刚刚赚来的钱也在那只手里。皮普在路上买了一包薯条，于是我们的房租又少了 1.99 块。很显然我们应该多要一些。皮普把钱装在一个信封里，写上希尔德布兰德先生。我们分开站着，身上有瘀青，闻起来像利安娜。然后我们背转身去，各自抽紧所有痛苦的细小绳索。我去洗澡。正要踏进浴缸时，我听到大门关上的声音，脚步停在空中；她走了。有时她会这样做。当别的情侣争吵或者和好的时候，她会离开我。我一只脚踩在浴缸里，等着她回来。我等了很长一段时间，长到我明白她今晚不会回来了。但如果我一直等下去，如果我赤身裸体站在这里一直等到她回来会怎么样？如果是这样，等她走进大门时，我可以结束这个姿势，蹲进已经冷掉的水里。我以前做过这种奇怪的事情。我在车底下藏好几个小时，等着被找到；我把同样的词语写上七千次，试图使时间变形。我研究着自己在浴缸里的姿势。浸在水里的脚已经起皱了。当夜晚到来的时候我会有怎样的感觉？她回家以后要等多久才会走进浴室？她是否会明白她一离开时间就停止了？而即使她真的意识到我为她做了如此不可思议的壮举，又怎么样？她从不感恩也从不怜悯。我飞快地洗了个澡，用夸张的动作缓解身体的麻痹。

我在我们狭小的屋子里走来走去。完全没想过要出门；没有她在，我在城市里会找不到方向。和她在一起的时候，只有一件事情我不能做，所以过了一会儿，我躺倒在沙发上，开始做这件事。我闭上眼睛。在泛黄的记忆里，我们差不多是六到八岁的样子。我们躲在她妈妈那张折叠沙发的罩子底下，或者在我的双层床的上铺，或者在她家后院的帐篷里。每个地点都有自己的优点。不管我们在哪里，总是皮普先在我耳边轻声说，跟我做吧。她很快压到我身上；我们用胳膊抱住彼此的后背。挨着对方小小的髋骨揉搓自己，以产生摩擦。当我们找对地方的时候，一种洞穿全身的晕眩会突然到来。

在我就快要找到感觉的时候，空中传来咔嚓咔嚓的声音。这个声音轻轻地持续着，使我分神。我抬头去看。五只中国纸灯笼正在我头顶一齐轻轻摇摆。我伸出手时，突然意识到为什么会这样，但已经来不及收手。我碰了其中一个灯笼，蟑螂从底下的洞里涌出来。往下掉的时候还在爬。它们着地之前就已经计划好，不管落在哪里都要占为己有。落地以后它们没有摔死，甚至想都没有想过要死。一溜烟地就跑了。

皮普终于回家以后，我们都同意利安娜的活不值那个钱。但几天后，我们在《德州巴黎》[1]里看到娜塔莎·金斯基。她穿着件长长的红毛衣表演窥视秀。我认为只要哈利·迪安·斯坦顿不出现，这个工作就显得特别简单，但是皮普不这么想。

1　维姆·文德斯1984年的电影，男女主人公分别是哈利·迪安·斯坦顿和娜塔莎·金斯基。

想都别想。我才不干。

没你我自己也能行。

她气坏了，开始洗盘子。我们从不洗盘子，除非想要寻开心或自暴自弃。我站在门廊里看着她擦拭已经发硬的面条，试图终结我们的沉默。事实上，除了我的父母，我并没有学会去恨任何人。我怀着爱意站在那里。我甚至不是真的站着；如果她突然走开，我就会跌倒。

我不会去做的，别担心了。

你听起来很失望。

我没有。

没关系；我知道你想让他们看。

谁？

男人们。

不，我没有。

如果你去做了，我就再也不能与你在一起了。

这大概是她对我说过的最浪漫的话。说明我俩住在一起不是因为我们一起长大，是彼此唯一认识的人，而是因为其他什么。因为我俩都不希望男人盯着我看。我告诉她我永远不会去表演什么窥视秀，她放下手里的盘子，说明她已经不在意了。但我还是在意。在过去的十年里，我们只触碰过对方三次。

1. 她十一岁时，她的叔叔企图猥亵她。当她告诉我时，我哭了，而她一拳打在我下巴上，我蜷成一团，待了四十分钟，直到她掰开我的身体。她把我的膝盖从胸口拉开时我始终闭着眼睛，我能感觉到她注视着我的身体，我也知道如果我一直闭着眼睛，就会发生些什么，然后真的发生了。她的手滑进我的紧身裤里，四处摸索，直到找到那个她自己身上也有的地方。然后她像动物般粗暴地晃动着手指，迅速给了我一个熟悉的高潮。当事情结束的时候，她叫我不要告诉任何人，我不知道她指的是跟我在一起，还是她叔叔的事情。

2. 十四岁时我们第一次喝醉，在差不多九分钟的时间里，一切看起来皆有可能，于是我们接吻了。这件事情仿佛再正常不过，接下来的几天里，我期待着更多的吻，或许还可以交换戒指和挂坠之类的。但任何事情都没有改变。我们继续保持着过去的样子。

3. 在我们高中的最后一年，我短暂地有过另外一个朋友。她是个普通女孩，名叫塔米，喜欢史密斯乐队。我绝不可能爱上她，因为她跟我一样可悲。每天她都告诉我她在想着的每件事，我猜想大部分女孩在一起时都这样。我也非常渴望谈谈我自己，却不知道从何说起。这方面她总是远远超过我，从她根据梦境而写下的诗歌的细节里就看得出来。所以我只是瞎玩，随意模仿着皮普。而皮普并没有太在意塔米，她只是对于普通的友谊感到稍许迷惑。

你们在一起都做些什么?

没什么。听听磁带什么的。

就这些?

上个周末我们做了花生奶油饼干。

噢。这听起来有意思。

你是在挖苦我们吗?

不是,真的挺有意思。

所以我再去塔米家玩的时候,她也来了。这让我有些紧张,因为塔米的父母总是在身边。父母们一般都不明白皮普是怎么回事,她看起来更像是男孩而不是女孩,母亲们因此而显得轻佻,父亲们则觉得哪里不对劲,像是受到威胁。但是塔米的父母正在看电影,我们进来的时候只是心不在焉、头也不回地挥挥手。我们像预想的那样听听磁带。皮普问是不是要一起做花生奶油饼干,但塔米说她没有准备好材料。接着她躺倒在床上,问我们是不是一对,还是怎样?一种骇人的空洞填满了房间。我盯着窗户,然后在脑袋里重复着那个词语“窗户”,我已经准备好要无限地重复窗户窗户窗户,但是突然,皮普回答了。

是啊。

酷。我有一个同性恋表亲。

塔米告诉我们她的房间很安全，我们没有必要假装，然后她给我们看一张她表亲寄来的荧光粉红贴纸，上面写着“去你妈的性别”。我们都静悄悄地看着那张贴纸，理解它的两层意思——至少有两层意思，或许还有更多。塔米像是在等待着什么事情发生，好像皮普和我一读到贴纸上大胆的命令就会顺从地推倒对方一样。我知道我们温顺地坐在床边让她失望了。皮普一定也感觉到了这个，因为她突兀地把胳膊搭到我肩膀上。这从未发生过，多么合情合理，我完全僵住了。然后我非常缓慢地把身体重新调整到一个平常的姿态。我叹气的时候皮普只是眨眨眼，把我的手放在她的腿上。塔米注视着这一切，甚至微微点头算是默许，然后把注意力转回到音乐上。我们听着史密斯乐队、地下丝绒，还有方糖合唱团。皮普和我一动都不敢动。一个小时二十分钟过去以后，我的背开始疼，我麻木下流的手仿佛已经跟身体的其他部分失去联系。于是我礼貌地为自己找了个借口。

浴室布满尘埃的温暖让我愉快。独处令人突然肆无忌惮。我锁上门，对着镜子做出一系列不受控制的怪异动作。我发狂地对着自己挥手，又把脸扭曲成癫狂的令人憎恶的表情。洗手的时候把手当作孩子，轻轻抱着一只，再抱另一只。我感受着自我的爆发。科学上把这样的痉挛称为告别演出。而这种感觉很快消逝。我用一块小小的蓝色毛巾擦干手，回到卧室。

在我看到这一幕之前我就已经知道了。我知道我会看到她俩像这样躺在床上，我知道我会不知所措，我知道她们会弹开然后擦嘴。皮普不会直视我的眼睛。我再也不会跟塔米说话。我知道我们都会从高中毕业，我知道皮普和我会像计划的那样住在一起。我还知道她不想以那种方式要我。她永远不会。她会想要其他女孩，任何女孩，但不是我。

既然我们付了房租，就应该有权利向房东提一提蟑螂的事。他说他会派人过来看看，但我们最好不要抱太大希望。

为什么？

哎，又不仅仅是你们的公寓；整幢楼都遭了殃。

那或许你得派他们来把整幢楼都处理一下。

那不管用；它们会从其他楼里过来。

整个街区都这样？

整个世界都是。

我告诉他那算了吧，在他听到皮普敲锤子的声音前赶紧挂了电话。我们在重新装修；确切地说，我们在搭一个地下室。我们的公寓很小，但天花板很高，头顶上有块格外撩人的空余空间。皮普觉得嬉皮士才住阁楼，所以即使我们的屋子在二楼，她还是画了张设计草图，让我们能够住在天花板低矮的底层，如果觉得压抑，就从梯子爬到地下室去。我们会把重的东西放在下面，像是冰箱或者浴缸，而其他的一切都放在楼上。我们俩在脑海里把地下室勾勒得很完美。那里有一股潮湿的岩石气味。温度和光线从天花板渗透进来。那上面就是家。晚饭在上面等着我们。

决定要搭建地下室的重要理由之一，是我们能搞到免费的木头。皮普认识一个女孩，她的爸爸经营着贝里曼木材供应厂。她叫凯特·贝里曼。她比我们小一岁，在皮普外婆家隔壁的私立高中念书。我从没见过她，但我很高兴我们能利用她。我们实践着一种非常宽松和零散的阶级斗争形式，允许任何种类的偷窃。无论是从精神层面还是从历史角度来看，每个人，每桩生意，每个图书馆、医院或者公园都从我们这里偷走过东西，因此我们永远都在努力夺回属于我们自己的。凯特费劲地把大块夹板从她父母的旅行汽车后备厢里拖出来的时候，她或许觉得在这场赔偿战役中，她是站在我们这一边的。她把东西放在我们楼后面的小巷子里，走的时候按三下喇叭。一听到她的信号，我们就溜出大楼，假装散个步，有时甚至还停下来买个苏打水，然后才仿佛心血来潮地决定随意漫步到小巷子里。我们拖着木板上楼，非常确定骗过了所有人。我们总是能够蒙混过关，但这也意味着总有人在留意我们，也就是说我们在这个世界上并不孤独。

每天早晨，皮普都会列一张今天我们需要做什么的清单。第一条通常是去银行，那里有免费咖啡。后面几项往往含糊不清——研究一下失业食物券，图书卡？——但这张清单依然能让我感觉温馨。我喜欢看着她写，知道有人在操控着这一天。晚上我们讨论如何装饰地下室，而白天则进展缓慢。我们最不缺的就是木板；它们靠在墙上，斜在沙发上，像没有训练过的狗。

当皮普决定我们需要一个托架时，我们正试图把一根柱子钉在厨房的油毡地板上。

你确定？

当然。我给凯特打电话，她会带来的。

她不是在学校吗？

没关系。

皮普打完电话去冲澡。我继续锤长钉子，使长钉子将柱子固定在地板上。柱子稳固了。我感到满足。它经不起任何重量，但是它自己站在那里，几乎跟我一样高，我忍不住要给它起个名字。它看起来该叫格温。

门铃响了，皮普湿着身体跑去开门。是凯特。我坐在厨房的地板上抬头看她。她穿着一身校服，手里并没有拿着托架。或许她把它们藏在裙子里了。

托架呢？我问。

凯特看看皮普，眼神里闪着惊恐。皮普握着她的手，转向我，说，我们有些事情必须要告诉你。

我顿时打起寒战。我的耳朵太冷了，不得不用手捂住它们。但我立刻意识到这让我看起来仿佛是要遮住它们，害怕听到什么似的，像只不愿意听到坏事的猴子。所以我搓搓手掌，问，你们的耳朵冷吗？皮普没有回答，但是凯特摇摇头。

那好，继续说吧。

凯特和我要一起去她父母家住。

为什么？

你什么意思？

嗯，我很肯定凯特的爸爸在你偷了他那么多东西以后，不会希望你住到他家去的。

我会去贝里曼木材厂工作赔给他。我甚至还可能会赚够钱买辆车。

我想了想。我想象着皮普开着辆福特T型车，戴着护目镜，围巾迎风飘在身后的样子。

我能不能也去贝里曼木材厂工作？

皮普突然发起火来。拜托！

干吗？我不能去吗？如果不能的话就说我不能。

你根本没懂我在说什么！

什么？

她举起凯特的手，与自己的扣在一起，在空中晃动。

我的耳朵突然发烫，像是沸腾起来，我得用手在脑袋两侧扇扇才能让它们冷却。皮普已经受够了；她抓起她的背包，冲出公寓，凯特跟在她身后。

我不能让她离开这幢楼。我奔下大堂，扑在她身上。她把我甩开；我用胳膊死死抱住她的膝盖。我号啕大哭，不是动画片里面的那种——而是真正的号啕大哭。如果她走了，我会变成哑巴，像是那些目击了可怕暴行的孩子。除了那些孩子，没有人会理解我。皮普把我的手指从她的小腿上掰开。凯特蹲下来帮她，她的皮肤布丁般的触感让我恶心，想要刺破它，我往她的胸口撞去。皮普抓住这个机会奔下楼梯，凯特紧随其后。我手里抓着凯特的羊毛衫。然后我追上她们，眼睁睁看着她们钻进凯特的车里。在车子开走前，我闭上眼睛把自己横倒在人行道上。我躺在那里，这是我最后一线希望——或许皮普会同情我。我听到她们的车空转着。我聆听着车辆和来往行人在我身边小心经过的声音。我几乎能够听到凯特和皮普在车里的争吵，皮普希望下车来帮我，凯特则催她快走。我祈祷着把脸颊贴住地面。有高跟鞋咔嗒作响朝我走来，然后停下；是一个上了年纪的女人的声音，问我是不是还好。我轻声说我没事，默默希望她赶紧走开。但这个女人坚持着，所以最后我睁开眼睛叫她走。凯特的车已经不见了。

我把电话机拉到床上，睡了三天。时不时醒来，我会睁开眼睛，直到回忆起发生的一切，才又跌回到昏沉里。在梦中，我知道自己正在挖一条通往她的隧道——如果我挖得足够深，就能找到她。我越是往前爬，隧道越是狭窄，直到变成一团打着死结的头发，只能用力撕扯。

第三天下午，电话铃响了。我把电话从被子底下拉出来。我希望她从听到我声音的那一刻起就知道，我正在死去。我打了个招呼，那么懦弱，那么悲惨，像鹅卵石一样穿过语言。我说，你好。

是房东希尔德布兰德先生打来的。在奇怪的，另外一种，科幻的现实里，又该付房租了。一个月之前，我们才刚刚掀起过利安娜肮脏的睡裙。我挂上电话，环顾四周。我的柱子还站在厨房里，乖巧地沉默着。一个高高的桌子般的危险搭建物在房间中央摇摇欲坠。这是楼上的第一个平方英尺。我在底下爬来爬去，想象着皮普和凯特正与贝里曼夫妇一起吃晚饭。皮普常常描述这样的场景。我们每次经过一幢漂亮的房子，皮普都会幻想只要房子主人知道她还是单身，就会邀请她与他们同住。她觉得自己是一个迷人的流浪儿，是有钱母亲们的小宠物。这是一个骗局。我突然明白，这个世界上没有一样东西不是骗人的。没有什么真的重要，也没有什么能够失去。

我走进浴室，把一捧捧的水浇在脸上，这很简单。事实上，我能做任何事情。我脱下睡觉时穿着的牛仔裤和T恤衫。光着身体蹲在地板上，用一把美工刀把裤腿裁了下来。再穿上的时候，裤子变得那么短，短得不能再短。我又把T恤剪开，把那行“如果你爱爵士乐”扔在地板上。而那句“按喇叭”勉强盖住我的小乳房，但是，嘿。嘿，我正在离开公寓。我正在走向大堂，邻居家门口摆着一小篮放了些日子的苹果，旁边写着，“给我的邻居们，请拿一只吧”。嘿，我饿坏了。我拿起一只，然后门开了。我从没真正见过这位邻居，但现在我知道她是个捡破烂的，一个上了年纪的捡破烂的。她穿着的那件毛衣我知道是她从门廊里捡来的。那是凯特的羊毛衫。她叫我再拿一只苹果，接着请求我拥抱她一下。我一手拿着一只苹果，用力地拥抱了她。上个星期我还害怕触碰到她，但现在我知道，我能做任何事情。

我没钱坐车，只好走路。距离远得不可思议。就算是一匹马奔到那里也累坏了。鸟飞过去，能被称为迁徙。但这没什么难的，只是要花些时间而已。穿着条超短裤和一件上面写着“按喇叭”的半截T恤穿越城市真是一种全新的体验。人们甚至都没有看清T恤上的字就乱按喇叭。我总是觉得自己会被箭或者枪从背后射中，但什么都没有发生。而这个世界并没有比我以为的更安全；相反，它实在太危险了，我几乎全裸着走路却仿佛正正好好，如同车祸，每天都在发生。

我去的地方在购物中心里，夹在一家宠物商店和一个支票兑现处中间。我问柜台里的男人他们还招不招人，他给我一张夹在写字板上的表格叫我填写。我交回去的时候，他盯着看了会儿，眼睛却根本没有转动，我不禁想他大概不识字。他说如果我九点过来的话，今晚就能开始。我说，太好了。他说他叫艾伦。我说我叫格温。

我在购物中心里闲逛了三个小时。宠物商店关门了，但是透过窗户能看到里面的兔子。我把手指按在玻璃上，一只古典垂耳兔疲惫地朝我蹦过来。它用一只眼睛看着我，然后换另外一只。它的鼻子颤动着，有那么一会儿我觉得它认出我来。它以前就认识我，像是我过去的某个老师，或者我父母的朋友。兔子的眼睛看穿了我的衣服，嗅到我疯狂而悲伤的急迫，猜到我不是去干什么好事。然后我站起来，拍拍膝盖，走进那家“偷窥先生成人录像商店和其他”。

那个“其他”部分在商店背后。艾伦把我跟一个名叫克里斯蒂的女人留在那里。她坐在一把绿色的塑料阳台椅子里，穿着粉红色的奥史考士牌背带裙。看着背带裙上结实的金色纽扣，我心想，或许我熟悉的一切其实都属于隐秘的色情的地下世界。她带我走进小隔间，然后把假阴茎、瓶子和珠链都塞进阿迪达斯运动包里。阿迪达斯。她的工具全摊在一块旧的花毛巾上，我猜想这毛巾闻起来一定是一股我外婆的味道。外婆。克里斯蒂把毛巾裹在一个小小的空果冻罐头外面。

这是干吗用的？

小便。

就连小便都是标价的。她给我看价目表，还有那个可以塞钱进来的槽口。她抬着手，告诉我窗帘怎么卷起来。她用清洁剂和纸巾把电话听筒擦干净，叫我永远不要把它搞脏。接着，她飞快地把稀疏的长头发扎成马尾，把阿迪达斯背包往肩上一甩，走了。

商店变得非常安静，像个图书馆。我坐在绿色的塑料椅子上，调整T恤和短裤。荧光灯亘古永恒地嗡嗡作响。我抬头看着它们，想象着是它们取代了星星，悬挂在漫长的世界文明中。它们经历了冰河世纪和尼安德特时代，如今在我头顶嗡嗡作响。我站起来，走进我的小隔间。我没有什么东西可以摊在毛巾上的；我甚至都没有毛巾。我只有一把公寓的钥匙。如果我今天赚不到钱，就得一路走回去了。晚上。还穿成这样。我在这种独一无二的处境里，必须得给出一场绝妙的现场秀，才能保证我的个人安全。

我练习把电话从听筒架上取下来。我做了五次，一次比一次快，就好像别人会因为这个技巧而付钱给我似的。我想了想我能够对着话筒说的话。除了赌誓的词语外，我从来不说这样的话。我试图把它们都想得性感些。我试图对着话筒性感地说出来，但结果说的都是吞吞吐吐的喃喃自语。如果我说不出来怎么办？那该多尴尬？男人会把钱要回去，我就不能坐公车了。我惊慌失措地在一句长长的咒骂里把我知道的所有脏字都塞了进去：吮鸡巴蛋的妓女婊子，舔下体的操蛋家伙。我挂上电话，至少我还是能说得出口的。

我在塑料椅子里坐了超过三个小时。这期间，两个不同的男人走进商店。他俩都从录像带架子上偷窥了我，但没有走到后面来。第二个男人离开以后，艾伦从柜台后面对我大喊。

这已经是你放走的第二个了！

什么？

你要主动些！别只管坐在那里。

明白！

二十分钟后，一个穿着黑色运动衫的男人走进来。他从杂志架子上打量我，我起身朝他走去。他的衣服上印着银河系的图案，一个箭头指着个小圆点说，“你在这里”。这个男人抬头看到我，假装很惊讶的样子。我想象着他出于本能地在女士跟前摘下帽子，但他并没有戴帽子。

你对绝妙的现场秀有兴趣吗，先生？

是噢。不错。

他跟着我走到商店后面。我们分开了一会儿，重聚在小隔间里，中间隔着层拉了帘子的玻璃。我听到尼龙搭扣的钱包被打开，二十美元轻轻掉进锁着的塑料盒子里，然后帘子升了起来。他已经把阴茎掏出来了，一只手握着电话。我拿起话筒。但正如我所害怕的那样，我完全说不出话来。我瘫痪地站着，仿佛站在冰冷湖泊中的一块石头上。我从不擅长跳入其中，放开一样东西去接纳另一样。我可以整天站着，任凭其他孩子永远跑在我前面。他上上下下套弄着，真是一幅奇怪的场景，绝不是你每天都能看到的；事实上，我以前从没见过。他对着电话说了些什么，但我没有听清。尽管我们挨着那么近，通话质量都不太好。

不好意思？

你能把衣服脱了吗？

哦。好的。

我们从小就被教育说不要在陌生人跟前脱衣服。实际上是文明准则的第一条就是穿着衣服。即便是一只鸭子或者一只熊，只要穿上衣服也会显得体面些。我脱下牛仔短裤，把T恤拉过头顶。现在我光着身体站在那里，像是一只熊或是一只鸭子。男人无情地专注地看着我，苍白的乳房，两腿间的一捧毛发，他的目光来回游走。他不时检查一下我是否也同样在看他。我认真地盯着他的阴茎，希望能让他满足，但是过了一会儿，他问我是否喜欢我所看到的。我再次站在了那块石头上，孩子们在下面把水溅得我满身都是，大叫着，跳啊！但是我知道跳下去就跟寻死一样，我将不得不放弃一切。我想了想我拥有什么。她没有打来过电话，她不会打的，我孤身一人，我在这里——不是什么抽象的意思，不是在地球或者宇宙的某处，而是真的在这里，赤裸地站在这个男人面前。我把手放在两腿之间，说：你那又大又硬的玩意儿真让我兴奋。

凌晨五点，我坐着公车在夜晚滑翔。公车只是一种形式，我真的在空中飞行，我有九或者十二英尺高，比大部分人都高。我能飞，我能跳过那些轿车，我能饥渴地、温柔地、羞怯地、严厉地说出“鸡巴”这个词，我能飞。我的口袋里还有325美元。单腿站在浴缸里直到她回来不仅仅是让时间停止的方式，还是让她回来的仪式。在她回家之前我就是格温。

我买了件青柠色的长睡衣，一根用来给自己破处的假阴茎，和一顶栗色波波头式样的假发，我叫它埃朗。我痛恨这个工作，但又很高兴自己能胜任。我过去相信自己有珍贵的内心世界，现在不了。我曾以为自己是脆弱的，但其实不是。这就像是突然之间擅长起运动来。我从来不关心橄榄球，但如果能参加全国联盟大赛确实棒极了。我围绕我那永远湿漉漉的下体讲冗长而曲折的故事。我打开身体的每个部分，我告诉客人我想他们，于是客人就变成常客，常客又变成跟踪犯。我学会在公交车到站的那刻才走出门，飞奔过那些潜伏在停车区的人，挥手大喊，星期四见！

而我太想她了。

有一天晚上公车来迟了，一个客人尾随我来到马路边。他在公车站挨着我站着，我没有理他，他就开始吐口水。一开始他吐在人行道上，接着随意吐在半空中。我感到细小潮湿的唾沫星子吹到我的脸上，不由得紧闭嘴唇往后退了退。他也一样，往后退了退，继续对着空气乱吐。他的骚扰基于一种我看不懂的逻辑，使我失去了判断力，我不能判断这是在威吓还是在犯傻，直觉告诉我应该回到商店里去。我走了两步开始奔跑，在身后砰地甩上门。但是偷窥先生并不是个安全的避风港，我不能永远躲在这里。我叫艾伦去外面看看那客人还在不在。他还在。艾伦就不能叫他走吗？艾伦觉得不行，因为：a）他并没有触犯法律，b）他是个好客人。艾伦觉得我应该打电话叫个朋友或者叫辆出租车来接我。

我一直在等待这个时刻，我惊讶于这一切就那么自然地发生了。我一般会想象自己中毒或者是被车撞了。某个官方的人，警察或者护士会问我说，有没有什么人需要他们打电话通知，我会喘着气报出她的名字。她在贝里曼木材供应厂工作，我会这么说。现在情况没有那么悲惨，但也涉及人身安全，更要紧的是，给她打电话并不是我的主意。是我老板艾伦让我这么干的，几乎算是命令。

我飞快地打给贝里曼木材厂，心神不宁的，假装自己是那种想要咨询有关锯条替换问题的人。但是当电话铃开始响起来，我的知觉膨胀了，听不到除了铃声与心跳声之外的一切声音。

贝里曼木材供应厂，有什么我可以帮你的？

我想要找皮普·格里利。

请等一会儿。

一会儿。两个月。一生。一会儿。

你好?

是我。

噢，你好啊。

这一点也不好。这个“噢，你好啊”。我不该是那个得到这样回答的人。我把假发摆摆正，对着空气微笑，像是对着那些解开皮带的客人一样，我让眼睛也充满笑意，仿佛一切都映射出美好时光。然后我重新开始。

嘿，我这里碰到些麻烦，你能帮我个忙吗?

嗯?怎么了?

我现在在这个叫作偷窥先生的地方工作。外面有个变态一直不走。你能开车来接我吗?

她沉默了一会儿。我几乎能够听到偷窥先生这个名字在她脑子里振动的声音。这名字勾勒出一个眼睛大得像口钟的男人。她终其一生躲避这位偷窥先生，现在我却在这里与他一起玩。我要么是叫人讨厌，要么是愚蠢透顶，要么是其他什么，要么是出人意料。我屏住了呼吸。

她说她大概能去借辆货车，她要二十分钟后才下班，问我能不能等一会儿。我说行吧。

在货车里我俩谁都没有说话，我也没有看她，但很多次我都能感觉到她正迷惑地看着我。我通常会在回家前换衣服，摘去假发，而这天晚上我没这么做是对的。我望向窗外，寻找其他也爱着他们司机的乘客，但是我们都伪装得很好，我们假装无聊，祈祷交通不要太糟。当她过去的家跃入视野时，她突然往左急转弯，问我想不想看看她现在住哪里。

你是说凯特家?

不是，那件事情最后没成。我住在一个同事家的地下室里。

好啊。

这个地下室称得上是“未完成”。都是灰，四处扔着木板，孤零零地摆了一张床和一些牛奶纸箱。她晃着手电说，这里每个月只要 75 美元。

真的啊。

是啊，整间房间！这里有超过 1500 平方英尺，我想做什么都行。

她带我在房梁间来回走，描述着她的计划。楼上的马桶在冲水，我几乎能看到她的同事在我们头顶走动。他停下来，沙发嘎吱作响，电视机被打开了。播放的是新闻。她把手电吊在一个挂着的绳圈里，微弱的光束照在她的枕头上。我在床上伸伸懒腰打了个哈欠。她注视着我的整个身体。

如果你愿意的话，你可以待在这里，如果你累了的话。

我只想打个瞌睡。

我得打扫下房间。

你打扫吧，我睡一会儿。

我听着她扫地的声音。她越扫越近，把床垫周围都扫了一遍。然后她放下扫帚，爬上床与我躺在一起。我们躺着，屏气凝神，很久很久。终于，楼上的男人咳嗽起来，掀起一波能量。皮普调整了一下她的肩膀，这样她T恤的边缘擦到了我的胳膊；我动了动腿，不经意地用我的脚踝抵住她的小腿。又过了五秒钟，时间像是重低音鼓的鼓点，我们三个都一动不动。接着他在沙发上挪了一下，我们立刻转向了对方，嘴对着嘴，手急切地握在一起，甚至有点痛。起初仿佛有必要表现得粗暴，模拟愤怒，绝不妥协。可是一旦我们纠缠搏斗至夜幕降临，打开电筒，我惊讶地看见她温柔的注视。

所以我并不是我。而皮普还是皮普。因为可以肯定的是，我自始至终都戴着假发。我相信一切都是因为这个，并且我觉得自己是对的。这顶假发和我甚至都没有哭的事实，尽管我那么绝望地想要大哭，想要告诉她我过得多么悲惨，想要抓住她让她保证永远都不再离开。我想要她求我辞职，然后我会想要辞职的。

但她没这么做，事实上，偷窥先生是必不可少的。每天晚上她开贝里曼木材厂的货车来接我，把我带回她家，与我做爱。每天早晨我回到家，摘下假发，挠挠汗湿的头皮，让脑袋能在坐公车去上班前的两小时里透口气。我像这样度过了美妙的八天。第九天，皮普提议在我开工前一起去吃个早餐。

我很想去，但我得要回家做准备工作。

你看起来棒极了。

可我要洗头。

你的头发看起来也棒极了。

我摸摸假发，大笑起来，但是她没有笑。

真的，看起来很棒。

我们的目光交汇，彼此产生出敌意。这当然是顶假发——我知道她明白这一点——但是她突然决定要戳穿我。我想象着我俩正在决斗，高高举起精致的花剑。

那好吧，我们去吃早饭吧。

我之后可以送你到偷窥先生。

好的。谢谢你。

谁都知道就算一个人的全身涂满油漆，只要脚底不涂，他就不会死。这么一件小事就能杀死一个人。我一直戴着那顶假发差不多有三十个小时，一边还要脱衣服，摇摆，呻吟，我开始感到热，实在太热了。到了中午，汗水从脸颊两边淌下来，但是男人们络绎不绝，生意好得不可思议。我走的时候，艾伦甚至拍拍我的背，说，好样的，冠军。皮普正在货车里等我，但是走去停车场的路感觉漫长而陌生。我以为那是个客人正蹲在他的轿车旁边，但不是，那只是一个正在把什么东西塞进车厢里的普通人。他喃喃自语着，这就对了，我们带你回家。

皮普直接把我带上床，甚至从她楼上的同事那里借了支温度计。但是她没有提议我摘掉假发，我即使发着烧也知道这意味着什么。她握着把枪站在空地上，而我看都没看就知道自己两手空空。但是只要假装有把枪我就能赢。我说砰砰，让她朝我开枪，我就能赢。如果我就这样以格温的名义死了，那么剩下的我是不是还能继续活着？而剩下的我是什么？我想着这个问题睡过去，在黑夜里挖掘隧道，不断撕扯打结的头发，直到假发掉下来。早晨我没有再戴上假发，皮普也没有问我感觉怎么样；她能看出来我没事了。她没有送我去上班，我俩都知道她再也不会去接我了。

我坐在荧光灯下的绿色塑料椅子里。这是特别缓慢的一天。仿佛世界上所有的男人都没空自慰。我想象着他们在外面做着正经事，处理犯罪问题，教他们的小孩侧空翻。这是我八小时工作时间的最后一个小时，我连一个秀都没有做成。简直诡异。我看看钟，又看看门，开始在它们之间下注。如果接下去的十五分钟里没有客人来找我，我就要大喊艾伦的名字。十五分钟过去了。

艾伦!

怎么。

没事。

现在只剩下二十分钟了。如果在接下去的十二分钟里没有人来，我就要喊“我”，不管所用的词是“我”“本人”还是“自己”。七分钟以后，门响了，进来一个男人。他买了一盒录像带就走了。

我!

怎么啦?

没事。

还有最后八分钟。如果没有客人进来，我就要喊出“辞职”。意思是说不要了，够了，我要回家。我盯着门看。我每呼吸一次，时间每过去一分钟，它都有可能打开。一。两。三。四。五。六。七。八。

我吻了一扇门

既然我知道了，事情就很明显了。忽然之间，我所记起的一切都包含线索。我记得那件好看的蓝色羊毛大衣，上面有扁平的银扣子。太合适她了，完全贴合她的身体。

你是从哪里搞来这件大衣的？

我爸爸买给我的。

真的？太酷了。

今天早上刚送到。

是他挑的？他怎么能挑到那么酷的东西？

我不知道。

这似乎很不公平，埃莉诺长得那么漂亮，又是顶尖乐队的主唱，还有一个会从奢侈品商店买好看衣服给她的爸爸，那些衣服简直为她量身打造。我爸爸没有送过我任何东西，但他有时候会打电话给我，问我能不能给他介绍个工作。

我不过是个服务生。

那给服务生打下手的人呢？

打杂的？

对！

我们没有打杂的。我自己收拾桌子。

你可以让我来干；这样会节约你很多时间。

听着，我没法给你钱。

我问你要钱了吗？我是想要一个工作！

现在我没法答应你。

我不需要钱；我想要一个有意义的人生！

我得挂了。

只要 50 美元就行。我得交电费。

害羞的美洲豹乐队在文化宫演出时，埃莉诺的爸爸来看她，我在那里遇见他了。他帅得不可思议，威风凛凛。而她在他身边一言不发，说真的，他的存在使她显得不那么有趣了。以至于当她踏上舞台时，她微弱的存在简直显得傲慢，她怎么能想象真有人会愿意听她唱歌。她唱：

他看起来像扇门。

他尝起来像扇门。

当我吻他的时候。

我吻了一扇门。

她标志性的单调唱腔，以及出了名的缺乏表演风采——在那天晚上都索然无味。她一点都不酷。她只是班上那个被要求当众朗诵的古怪女生。我从后台看着她，站在她爸爸的旁边，揣测着他的胳膊是不是正挨着我，还是不过是我的想象而已。没错，我在与他调情，不仅仅是那一会儿，而是整个晚上。他对我说的话我至今还每天对自己说。他说：男人总是被那些比他们高大的女人吸引。但是现在我更懂了，我在这句话前面加上“在天堂里”。在天堂里，男人总是被那些比他们高大的女人吸引。而且所有死去的狗又都活了过来。那个夜晚结束时，埃莉诺和她的爸爸开车把我放在我家门口，我感到嫉妒和困惑，就好像他选择了她而不是我。当时我没有想得那么清楚，我事后才进行了心理分析。

等到《霹雳心》专辑做出来时，我跟她已经不再是朋友。不是因为那个晚上，而是因为我与马歇尔上了床。我亲吻他牛仔裤前襟时告诉自己说，他不是她的男朋友，但我知道她觉得乐队里的两个男孩都是她的。他的阴茎很长，而且向下弯曲，所以我可以躺在他背上操他。这听起来匪夷所思，但是千真万确。如果我画张图你就更好理解了。

你以前这样做过吗？我问他。

没有。

你骗人！

真的，我都不知道还能这么做。

那我教会你了！以后你就可以一直这么做。

是啊。我想大概女孩会觉得这样更舒服些。

真的？噢，天哪，对不起。你想停下来吗？

你快要高潮了，还是怎么样？

我想快了。

好的，没事。慢慢来。

不，算了。我们换个姿势吧。

是马歇尔与我聊起埃莉诺的。我有超过一年没有见过他了，那段时间里我遇见吉姆，并且或许已经怀上了阿普丽尔。我俩站在斯皮勒斯唱片店灵魂乐的架子前说起这些。

她跟父母住在一起？为什么？

不是她父母，他说，只有她爸爸。她父母离婚了。

怎么会？她还好吗？

唉，不好，当然不好，与他住在一起以后就没好过。

她病了？

不是。你见过她爸爸吗？

见过，在文化宫的演出上。

那你知道他的事情了吧。

什么事。

他和她相爱的事啊。

什么？

天哪，你不知道？

什么？

他跟她妈妈离婚，是为了与她在一起。这就是为什么读高中那会儿她住在兰彼得。

这算什么为什么。

这就是原因。她读高中那会儿，他们像夫妻一样住在一起。

我不相信。不会，她怎么不告诉我。

对不起。

她为什么不告诉我？

很抱歉。

噢，天哪。她跟他住在一起？是这样吗？

我不知道。没有人跟她聊过。

但多半是这样，是吧？

是啊，多半是这样。

现在我再拿出那张唱片时，它就像是一支剑，一把锤子。《霹雳心》。这是她自我了不起的证明。她用自以为最好的最独特的声音唱出来的独一无二的自我。乐队在一起两年；那是她仅有的远离父亲独自居住的两年。而据我所知，马歇尔和萨尔是仅有的两位听她倾诉过的人。仿佛她从地狱里爬出来，就为了做这件事，做一张专辑，然后再回到地狱。但我凭什么这么说。或许那里根本不是地狱。或许她真的很想回去。马歇尔告诉我说他们还在一起；住在米尔福德港。他在加的夫演出的时候她来了。当他问起她是否仍旧在唱歌时，她笑笑说，仍旧？你真会恭维我。

理发店男孩

我走了二十七步，然后停下来。正挨着刺柏丛。兰·根美容沙龙在我跟前，我家大门在我身后。我没有广场恐惧症，我并不是真的害怕离开屋子。但是我从屋里走出二十七步左右，恐慌袭来，正好在刺柏丛附近。我研究过，发现那不是真正的灌木，并且我推翻这个理论，竭尽全力不转过身回家去，即使这意味着我得永远站在这里。兰·根美容沙龙的门打开时，我正嚼着不能吃的灌木果子，走出来一个小男孩。可能是兰·根的儿子，比利·根。也有可能兰·根根本不是一个名字，只是从“美容沙龙”或“美甲店”翻译过来的。小根靠在门口，我待在我的第二十七步。他像是在等我往前走。我们都在等着。当他明白这永远都不会发生时，他朝我喊。

我有一条狗！

我点点头。它叫什么？

男孩看起来有些沮丧，于是我意识到他并不是真的有一条狗。我很荣幸能被选为相信他有条狗的人。我正是合适人选；他选我算是选对了。最后，他欢呼着，保罗！我尽职地想象着保罗：它与男孩一起奔跑，爱着男孩，男孩喂它食物。

你有狗吗？保罗的主人问着，向我走来，停在一个随时会被车撞到的地方。

不要站在马路上。

他走过来，站到我跟前，并没有质疑我的行为。

你有什么宠物吗？他问。

没有。

连一只猫都没有？

没有。

为什么没有？

我不知道自己能不能照顾好宠物。我经常旅行。

但你可以养一只非常小的不容易饿着的宠物。

我知道所有不太容易饿着的宠物，我的生活里充斥着它们。我再也不想要任何依赖水和暖气活着却没有排泄物的弱小宠物，弱小到等它们死了的时候，我只会健忘地埋葬它们。如果我要带新宠物回家，那将会是一只饿坏了的大家伙。但是我不能这样做。我没把这些告诉男孩，因为我只是他的狗信徒。

你建议我养什么宠物呢？

蝌蚪。

蝌蚪长大会变成青蛙。我不能在家里养青蛙，会到处跳来跳去。

哦，不会，不会的，蝌蚪很小！不过你需要一个鱼缸。

但蝌蚪会变成青蛙的。

不，不会！那是另外一种鱼。

什么鱼？

一种小鲤鱼。

我随他去了。在我的想象中，男孩与狗玩耍的地方旁边又多了一个鱼缸，里面有一条没什么胃口的小蝌蚪。它游来游去，时刻准备着跳跃，准备感受背上的空气，准备经历惊心动魄的巨大改变。它永远游来游去，保罗也永远不会死，但男孩和我只是站了一会儿就已经变了。男孩越来越无聊，这是成长的模式。我越来越抑郁，这是我自作自受。这是美好的一天，有人对我倾吐他自己的愿望。而我已经看到了结局：男孩的衬衫上印着卡通人，这些卡通人正在离我而去，他往前走一步，它们就往后退一步。他走到我跟前，抓紧我胳膊说，我能看看你的房间吗？

我松了口气。就算被弄疼也好。我完全理解在为别人付出的同时，也必须伤害他们。能够找到一个借口那么快回家真是太棒了。我在身后关上门时，思考了一会儿法律条文。有关带不知道姓名的孩子回家的法律条文。但我确实知道他那条想象之狗的名字。我觉得我能叫出保罗的名字而不必承认我知道它不是真的。当法官告诉我那男孩没有狗的时候，我会表现得非常惊讶，失望，甚至受伤。我会哭一小会儿。或许这个男孩会因为对我撒谎而被送进监狱。我看着他那双好看的网球鞋，知道他能应付得了。而我呢，正相反，我穿运动衣向来不像样，监狱生活会要了我的命。

他在我的客厅里走来走去，摸着那些曾经对我来说意味深长，如今却无足轻重的东西。我有很多抽象艺术作品。他的指甲划过它们。他从地上捡起一本书，用两根手指拿着。书名是《保持爱与亲密存活于恋爱中》。我正逐字翻阅。目前我读完了“保持”那部分，刚准备开始读“爱”。我担心等我读到“恋爱”的时候，我已经忘记了“保持”，更不要说“存活”和其他词语了。他像这样用两根指头拿着书，走进厨房，小心地把书放在厨房地板的角落里，我说谢谢你，他点点头。

你有帕马森茄子吗？

我说我没有。我们挪到了卧室。他坐在大床上，踢掉鞋子，胳膊和腿像星星一样摊开着躺倒。我把梳妆台上的刷子摆摆正，又默默把发蜡塞进抽屉里。我不想让他以为我是那种会抹发蜡的人，因为我真的不是。这是一个朋友留在这里的。这样不是很好吗？我有一个朋友，她带着发蜡过来，然后留在这里？如果他要问起我就这么说。如果他打开抽屉的话。

你应该搞个双层床，这样你的地方会更大，他说着，假装被床和墙壁间的狭小缝隙吸了进去。

我要那么大的地方干吗？

他不可思议地站在床和墙壁之间。我从没想过要打扫那里。

你不想要个双层床？

嗯，我觉得没必要。

你可以找朋友来过夜。

但这个床很大，他们可以和我一起睡在上面。

他长久地奇怪地盯着我，然后我的脑子像勺子一样弯了。如果他们像在船上一样有自己的双层床，谁还愿意与我挤一张床？我问他默文斯百货商店里有没有双层床卖，他说他觉得有，但我最好先打电话问问。我与默文斯百货商店通电话时，他打开了我的梳妆台抽屉。我脸红了。他拿出发蜡，往手上喷了很多，飞快地把他那头闪亮的黑头发往后梳去，然后照照镜子。他看起来就像是站在大风里。我们互相微笑着，因为他的模样看起来好极了。默文斯百货商店说双层床只要 499 美金。男孩说他觉得这个价格很合理。他说如果他有钱的话，他愿意为双层床付 1000 万美金。

我们走回门口，因为他说他得回去了。他说这话的时候带着歉意，好像没他我就活不下去。我说这样最好了，因为我还有许多工作要做。当我说“许多工作”的时候，我把手张开比画着所有的工作。他看着我手掌间的距离，问我会不会拉手风琴。我能感觉到我手里的手风琴，如果我说会，他该多么惊讶。我说不会，这时一只枕头自己从沙发上掉了下来。这常常会发生，我不去管它。但男孩抬了抬眉毛，我知道我得救了。我虽然不会拉手风琴，也没有双层床，但是我有那些枕头。它们会自己挪动。我打开门，他连再见都没有说就走了。我看着他穿过马路走到兰·根美容沙龙。他关上门。我也关上门，聆听着吸气的声音。那是地球以快得不能想象的速度飞奔离开房间的声音。当所有的生物都在这场飓风般的旋涡里逃命时，它却哈哈大笑——从未试过这样嘲讽的大笑。我偷偷看向窗外。刺柏丛上方，只有灰色烟雾四处弥漫。我拉上窗帘让它们叠拢起来。我在房间里走来走去。盯着厨房地板角落里的书看了一会儿。把发蜡的盖子盖好。床单已经弄皱了。我抚摸床单褶皱形成的地貌。那里有起伏的河谷山川。那里有平坦的沙漠苔原。那里有座城市，在那座城市里，有个美容沙龙。我脱掉鞋子，钻进被窝。喃喃自语，闭上眼睛，我闭上了眼睛，假装现在是夜晚，整个世界都围绕着我，沉睡着。我告诉自己，我呼吸的声音其实是全世界所有动物在呼吸的声音，甚至全人类，甚至那个男孩，甚至那只狗，都在一起，都在呼吸，都在地球上，在这个夜晚。

在2003年做爱

她的一只刺绣靠枕上绣着“在2002年做爱”。在沙发的另一头，还有一只荷叶边的靠枕上用蓝色绣着，“在1997年做爱”。我猜想还有更多，但我尽量不去找。我不想看到一只绣着现在年份的靠枕。如果没有这么一只，我也不想知道为什么。我们等她丈夫时，她问了我一些礼貌的问题。

他说你很有天赋，你是自学的吗？

是的，但我真的只是刚刚开始，还有很多要学的呢。

好吧，听起来你像是开了个很好的头。

谢谢你。

过了一会儿，她仿佛有些恼怒，恼怒他不在，而我却在。我认为如果他再不出现，我就得走了。我的心一沉，因为除了这次见面，我对于自己的未来简直毫无打算。一年来，我每天对着电脑上他的名片写作。现在我写完了，他说写完了就给他打电话，我就打了，现在轮到他做出行动。要怎么处理我是他的分内事。他会怎么做呢？面对写完书的才华横溢的年轻女人，男人会怎么做呢？他会亲吻我吗？他会请我做他的女儿、妻子或者保姆吗？他会把我和我的书送去某个地方等待下一步吗？他会抚摸我的腿让我哭吗？他的妻子和我都等着知道。她比我更不耐烦。我愿意永远等下去，她则只给他五分钟。我们沉默地等了五分钟，然后她站起来说，好吧。我抬头看看她，微笑着。假装自己是从另一个国家来的，完全不懂她的肢体语言。她抿着嘴唇，低头看看自己的手。

他可能已经打电话去你家里重新约时间了。

我点点头，但是我知道他没有往我家里打电话，因为我已经把所有东西都搬了出来，塞进了我的车，就停在他家大门口。我已经准备好离开。重新约时间毫无意义，我可以在车里等或者在屋里等，但我没什么其他可做的。我还是更愿意在屋里等。

你像平时一样该干吗干吗，就当我不在好了。我说。

她看着我，思索着可曾遇见过这么蠢的人。我不在乎。反正贴在我电脑上，放在我车厢后座的不是她的名片。

我平时都在写作，她说。我有些怀疑，但可能是真的。可能她会写信给她姐姐，或者夏天把装毛衣的大盒子放进阁楼前，在盒子上写上“毛衣”。

你在写什么？

我几年前写过的一本书的续集。

哦。那第一本书叫什么？

《倾斜的星球》。

她轻柔而礼貌地说，料定我一定听说过。我站起来，感觉双腿发麻。我本没有打算在他回来前站起来，但是现在我正站在著名作家马德琳·英格身边。我环顾客厅。这是马德琳·英格的客厅。“在2002年做爱”，“在1997年做爱”。或许屋里的每间房间都放着一堆这样的靠枕，时间追溯到六十年代。我看着她裁剪妥帖的棕色长裤，心想此刻他或许正在与她做爱。当你达到某个饱和点，做爱就变成了永不停止的震颤。他迟到了，这是他与她做爱的方式，而她想要写作，却不得不招待我，这是她与他做爱的方式。我只是马德琳·英格与她丈夫之间做爱的一部分。“在2003年做爱”的小小的一部分。我突然清晰地意识到，我的计划并不完善。我告诉她，我真的很喜欢《倾斜的星球》，期待看到续集。她感谢了我，说她很肯定他一定会打电话给我。她把我送出门廊。我的车就停在那里。我们看着我的车。里面塞满了东西，有些东西甚至支出车厢。她握了握我的手，我朝车子走去，希望自己可以怀着一种知道要走向哪里的信心，永远这样走下去。我走向我的车子。

当你不知道要去哪里的时候，就真的不想开车。车里应该有个原地驾驶选项，像踩水一样。或者至少有个灯能在刹车灯之间闪烁，可以打开以表示你没有目的地。我觉得自己像是在愚弄其他司机，我只想说出真相。但是我越开就越觉得自己真有地方要去似的。我高难度地左转弯，除非不得已没人会这样做。有时候我绕着一个街区不停地左转，当我回到最初的十字路口时，失望地发现所有的司机都是新面孔。这不像是圆圈舞，最后你会神奇地回到原先的舞伴那里，在与世界上所有其他人跳过舞之后再次找到他，你哈哈大笑，头晕目眩地松了口气。而司机们转了一圈就继续上路了，有些人此刻已经在工作，或者半路去了机场。事实上开车或许是与跳舞最相反的事。我想，既然我已经写完了书，去见了这个在一年前给我承诺如今却不在家的男人，我是否要用我的余生想出各种错综复杂的方式使自己抑郁呢。

大部分如我这般处境的人会去她们的男友家。她们在那里大哭，接过纸巾，哭得更厉害，从不停下来想想，她们真的应该快乐地大笑才对，因为她们的男朋友是与她们生活在同样现实层面的生物体。我知道我在说什么，我的整本书都在说这个主题，马德琳·英格的丈夫还曾认为它大有前途。现在我最不想提的就是这个，所以我就简单跟你说说。

我十五岁时，一个暗影在夜晚闯入我房间。它很暗，却会发光，这是它诸多需要你发挥想象力的真相的第一个。它不是人的形状，但是我立刻知道除了看起来不像，其他任何方面它都像是一个人。这说明我们的外表并不是使我们成为人类的主要原因。

我立刻知道它是个性捕手，它让我震颤不已，我穿着睡袍感觉不自在，那睡袍不过是一件宽大的T恤。这就是为什么你得穿着内衣上床。我害怕了，但不是你打定主意宁可死都不敢动一动或者喘口气那样。我盯着那个影子，谋划着跳下床，抓起地上的牛仔裤。我这么想的时候还什么都不知道，我不知道如果你是一团发光的暗影，那么所有人类的动作与你的快速移动相比都是慢动作。黑暗笼罩住我时，我只是稍稍抬了抬手。这一部分我延伸出去写了一整个章节，因为我知道马德琳·英格的丈夫会因此而兴奋不已。总的来说，接下来发生的事情就是它操了我。它整个进入我的身体操了我。黑暗在我身体里，我能感觉到它在发光，像是教你如何舞动的乐曲音量。前一个周末，我第一次性感地跳舞。我的屁股与节奏以某种方式连接，预示着我激动人心的未来。但我没有想到这一切会以这样的方式如此迅速地发生。之后，我意识到或许是我的舞步太有力，把它从宇宙的角落里呼唤出来。我并未如此要求，只是总有一些时刻，我们的信号不只是发送给房间里的男孩，而是发送给宇宙万物。

有人说我编造这样的暗影故事，是为化解更真实的强奸犯所带来的伤痛。如果这样的理论吸引你，我可以推荐一些很好的案例研究，那些案例里的女孩就这么做，她们撒谎。如果说第一次我很害怕，那是因为我不知道经历过这样的欢愉竟还能活下来。我以为自己正在用生命做交换。感觉青春欲望膨胀到了非人性的比例。低头看着自己的身体，知道堕落意味着不止死一次，而是很多很多次。像长笛一样下坠一千万年，由穿过的空气演奏出乐音。落地时没有思想，只有一颗破碎的心。后来我们依偎在一起，我害羞又腼腆。我伸手穿过它，问会不会弄伤它，但我不会伤害到它，我只会让它疯狂。它不时渗透回我的身体，我睡一小会儿，醒来时害怕它消失不见。而它还在那里，庇护着我，使我盲肠手术的伤疤愈合得更完整。

你还能做什么？

爱你。

但你还会什么其他把戏吗？

不会。

我是你的唯一，对吗?

你是宇宙里最美好的。

我?

是啊，遥遥领先。

我的性情就跟所有与其他高中男生约会的女孩一样。我们的心思不在那里。没人能伤害到我们的感情，因为我们的感情在其他地方，在学校之外，在北极光之中。我在文件夹里画它，它是桃心里的一块污渍。我和一块污渍在两颗连在一起的桃心里。我和这块污渍以及我们半人类半污渍血统的孩子。上床前我会化好妆，早些年我还换上可爱的睡衣，到了高中最后那段时间，我就直接倒在床上，光着身体等待它。我们在血液里交谈，如果我想要听到它的声音，我就在那台塑料卡西欧电子琴上按下升F大调和中央C键，从按键底下传来遥远的静电声，像个超出波段使用车载电台的卡车司机。这份爱情中有着令人畏惧的渴望。它会吮吸我的乳头，我的嘴唇因为饥渴而肿胀，我也想要吮吸。我开始相信拥有我比我所得到的一切都好。现在我知道这并不是事实，但是你要记得，我严格来说还是个处女，我从未亲吻过任何人。

这个故事结束于我的大学时代，那会儿我变得愤怒，不屑一顾，渴望一个真正的男友。暗影哭泣着，悲伤得不可自已，只有空气会那样哭泣，我怀着强烈的同情，但只针对我自己。我非常肯定这段恋爱违背了我全新的女性主义观点，而潜意识里却是我对那个叫老二的东西无以复加的好奇。暗影做了它唯一能做的事情：它答应以人类的模样出现在我面前。它会变成一个叫史蒂夫的男人。

我约你出去的时候你会答应吗？它问。

会。

即使我很难看，而且你也不喜欢我的性格？

是啊。

不，你不会的。

我会的！

你只是这么一说，因为你赶时间。

好吧，如果我赶不上巴士可不是我的错。

再见，宝贝。

再见！我的背包在哪儿？

在柜台上。

哦。再见！

差不多一年以后，我真的遇见一个叫史蒂夫的男人。他是我一个朋友的父亲，正被癌症折磨。我帮她照顾了他两个月。有时，当她离开房间时，我靠在他的床边，轻声说你好，他也轻声说你好，我会握着他的手，我们就这样待一小会儿。他不是我的暗影。但是当我揉搓着他正在死去的胳膊时，我感觉到里面有什么东西以积聚起来的速度飞快移动。所以他的绝大部分已经加快，而他却不得不以可憎的慢动作死去，因为人类都是如此。在他弥留的日子里，我与我的朋友一起守夜，我俩都迷失在绝望里，播放我们觉得他会喜欢的音乐，但谁真的知道呢。为真实而放弃美妙实在是个可怕的错误。史蒂夫死了以后，我中断了与他女儿的友谊，搬出宿舍。我出于恐惧开始写作。我以为我可以遗忘，或者假装遗忘，或者假装在假装，或者长大。那个被我的大学导师，马德琳·英格的丈夫评价为大有前途的小说片段最初是为了证明。有一天我会把这份手稿交出来，史蒂夫会点头说，是的，升 F 大调，是的，中央 C，是的，你终于找到了我，坐到我的膝盖上来，宝贝。

我想我或许可以绕过马德琳的屋子看看他的车有没有停在前面。不这么做的话，我就只能放弃成为作家，重新开始其他职业。如果在到达屋子之前我能想到另一个职业，我会掉头去追寻。我把车开得很慢，这样每个人都能看出来它在思考。它在为我谋划职业。我看看窗外，想要知道行人们望向车子的时候会以为我是谁。但他们根本不看我的车，他们只看着自己的内心。他们想着自己和自己的车；他们匆忙地做爱。他们迈出每一步都好像这不会是他们的最后一步，还真不是。他们没有抬头盯着我的车前灯低声说，“特需助理”，就这样，当我绕回马德琳那个街区拐角时，我仍然计划成为一个作家。

那是他的车。但是它提早出现了；而且停在他自己那个街区另一头的一幢房子前。可能人人都知道这意味着什么。我的第一个想法是他得了阿尔茨海默病，我有些担心自己和自己的前途会掌握在一个不记得自己家在哪里的男人手里。我毕业已经一年了，一年的时间足够他的生活土崩瓦解。马德琳肯定得为他做所有事情。哦，马德琳。而他坐在车里。我听说阿尔茨海默病患者的大脑会退回到预燃发动机状态，甚至不记得怎么开门。当我走向他时，我感到自己的新职业有了着落。我将成为马德琳·英格的丈夫的护士。在我的帮助下，她会有足够的时间来写续集。我会做一个好女儿能做到的一切，不过得付我钱。被需要的感觉太棒了；我朝着车走去。

起初我以为他膝盖上有只猫，接着我发现那是特里萨·洛德斯基。大学三年级时我们都上过古代中国哲学课。她没有毕业，但现在我明白，从某种意义来说，她毕业了。特里萨·洛德斯基非常非常漂亮，但她有一个同卵双胞胎姐姐，保利娜，比她又要美上许多。如果你把她们的脸放在一起，试图一点一点找出区别，你做不到。不过每个人都知道。看特里萨的唯一理由，就是为了看看她是不是保利娜。如果不是，就转过头去；如果是的，就多看一会儿。这肯定是特里萨，她找到了自我。

在我知道他没得阿尔茨海默病的那一刻我就该走的。但是我的怀里一阵刺痛。我是一个俯瞰世界的天使，俯瞰着世界上的一辆车，俯瞰着两个人类成员，俯瞰着他们的灵魂，以及他们灵魂背后的空洞。她抬起头来，我们的目光交错，她记得我也上过古代中国哲学课。马德琳·英格的丈夫张开嘴，我能看得出来他要开始用五个疑问词中的一个：谁，什么，为什么，哪里，或者几时。

什么？

那个女人。

什么女人。

她已经走了。

她看见我们了？

是的。她上过古代中国哲学课。

什么？

我们一起上过那门课。

你在跟我开什么玩笑？你认识她？

我得走了。

操！这乱套了！她看见我了吗？

没有。我要走了。

她还在外面吗？

没有，她已经走了。

人们如何能够放手？我的书像长手套一样抓住我深爱过的暗影。手套里有一只苍白的小手，从没学过如何握住皮肤。它那么生涩，看上去湿漉漉的。我注视着每个与我擦肩而过的路人的眼睛。食物看起来奇怪得不可思议。孩子们以为我也是个孩子，要与我玩耍，而我既不能玩耍也不能工作，我只能思考着为什么。为什么人们要活着。我每星期都逐条阅读分类广告。地产，招聘，法律咨询，家政服务，旅行，音乐市场，约会，女人和男人彼此寻找对方和自己，投机，汽车。我把范围缩小到重型摇滚三人组寻找优秀的节奏吉他手，或者持证医疗社工安杰拉·米切尔提供全身大脑心灵世界整合理疗。我选定了安杰拉·米切尔，因为重型摇滚三人组想要找一个有经验的 gigger[1]，我不是很确定那是什么。但是我

1 形容做派或者行为像白人的黑人。

坐电梯去安杰拉的办公室时，轻声对自己说“有经验的gigger”，这让我平静下来。我希望安杰拉·米切尔没有夸大她的广告。我想象着一系列针对我和暗影的咨询 / 会面。

但是当我坐在她宽大柔软的椅子里，盯着一幅橘黄色圆圈套圆圈的抽象印刷品时，我发现自己说不出话来。最后她问我为什么来，我说一年多以前我与男朋友分手了，后悔至今。她用无限同情的表情威吓我，我立刻大哭起来。我迅速想了想她有没有可能收养我，或者雇我做她的助手，或者成为我的同性恋人。我擤了擤鼻子，她问我有没有看过音乐剧《南太平洋》。

我在电视上看过一次。

你还记得里面有一幕女人们洗头发的场景？

不记得了。

她们唱了一首短短的歌，你还记得吗？

不记得。

“我要把那个男人从头发里洗去。”

哦。

你明白我在讲什么吗？

我想是的。

你还有什么其他想聊的吗？

嗯，我一直在想或许我应该去找个工作。你觉得有必要吗？

当然。

特需助理的任务是辅助特需老师们教育有特殊需求的孩子。巴克曼学校雇佣我的时候正在过渡期。原本这是一所为各种残障儿童服务的学校，而如今有显著身体缺陷的孩子已经被送去洛根教育中心。洛根为坐在轮椅里的学生准备了很好的娱乐设施以及“软房间”，这些学生在那里可以离开轮椅，并被鼓励做自由身体运动。他们被提醒说运动不只是从A走到B，而是微妙和具有情感的，而且他们都是新动作的发明者。每个月都有一组微软研究员去看望他们。研究员脱去鞋子，躺在地上，听任一切在他们周围发生。显然电脑触摸板就是这样发明的。我们每个星期都听说洛根的故事，这让我和我的学生觉得自己毫无优势。我们要不读得太慢，要不读得太快却无法理解，我们太紧张而学不会，太高兴而学不会，太愤怒而学不会；学习总是不得要领。

高年级学生被允许把橘红色瓶子装的利他林和阿得拉放在他们的课桌里，他们也可以因为任何事情举手离开。利他林的副作用是头痛、焦虑、睡眠紊乱、易怒、抑郁、肠胃失调，以及恐慌。我被派给那些需要额外阅读技巧辅助的学生。我知道自己要去往哪里：每页的最后和后面一页的开头。我觉得我能永远读下去，因为没有什么其他更重要的事情了。我是被定义的耐心，被拼写错误的耐心，被缓慢念出来的耐心，一个字母接一个字母，t 被发成 shh 的音[1]。

春天，一个叫欧布利的特殊教育学校由于石棉问题关门，于是巴克曼不得不收留所有欧布利的师生。我们有多余的房间，因为部分学生去了洛根，但这依旧是一场噩梦。孩子们很快适应，老师却像亲家一样彼此憎恨。我们都确信自己的方式是正确的，员工食堂的告示板上贴着无穷多的请愿书，提议在打铃前自由活动而不是排队，或者支持草书。我是支持草书的，我把名字签在支持草书的告示板上，然后离开食堂，回到我的教室。我清理了讲台，在黑板上写下 PUEBLO。写 O 的时候我屏住呼吸。我写得非常非常慢。有人敲了敲教室门。O 写好了。我放下粉笔，朝门口走去。哦，怦怦跳的心脏。哦，屏住的呼吸。哦，我怎么会知道。我打开门。他的头发是沙棕色的，比我高一点。他有张动物的脸庞，一张长颈猫鹿的脸，不用开口就道明一切。他的穿着随意却恰到好处，松松垮垮地覆盖住裸露的身体。他说很抱歉他迟到了，我说，没关系，你来了就好，我拥抱了他，他的黑暗瞬间在我周围膨胀，轻声说着，你

1　指“耐心”（patience）中的字母 t 在逐步缓慢念出时被发成 shh 的音。

好，甜蜜注入了我的血液。他挣脱开，这个少年挣脱开拥抱，但他的眼睛像手一样抓住了我的视线。他递给我一张纸条。

亲爱的老师：

请原谅史蒂夫·克劳斯的缺席。他在欧布利的最后一个星期感染了支气管炎，所以四月未能与其他学生一起加入巴克曼。他现在康复了，会补上漏掉的功课。

感谢。

玛丽莲·克劳斯

他思维并不敏捷，那又怎样。他模糊不清。他是需要我的少年，就像我也曾经是需要他的少年一样。所以我帮助他。我坐在他的课桌旁，一起推进段落，苦苦朗读词语，把词语编织成毫无意义的人类的句子。忽然，语言变得一文不值。说你是我的幽灵情人阐明不了什么。我当然立刻就试过了。我带来我的书，那本并不会引领我走向职业写作生涯的书，他朗读完整的序言时我紧张地坐在他身边，所有放弃、索求和致辞都献给他，我的暗影。我帅气的、青春的、稍稍孤僻的旧情人，未来的情人。

我要问你一些问题来测试你的理解能力，好吗？

好的。

这本书讲的是一个真实的故事吗？

是的。不，等等——不！不是。

这是个真实的故事。

哦，我也是这样想的，但是接着我又想这或许是脑筋急转弯。

不是，这些都是真正的问题。

嗯。

所以作者说："我十五岁的时候，一个暗影在夜晚闯进我的房间。"她在说谁？谁是那个暗影？

谁？

嗯。是她的爸爸？是你？是谁呢？

唔……我不认为书的这一部分已经给出了答案。

没错，我们不知道。

这确实有点脑筋急转弯。

对不起。

我们有些分歧。我了解他，在内心深处，他也了解我，这取决于我作为特需助理是否提醒他。我觉得自己有点像安妮·莎利文。会有一个突破性的时刻，就好像安妮把水浇在海伦·凯勒的脸上，[1]然后海伦在安妮的手上拼写出了“水”这个单词时，起初很慢，后来越来越快，有欢笑也有眼泪。海伦·凯勒写下这个时刻：突然，我产生模糊的知觉，像是什么被遗忘的东西，或是记忆复苏的兴奋；语言的秘密呈现在我的面前。只是我们要去揭示的并不是语言的秘密，而是秘密本身，它先于语言，依旧被遮蔽于迷雾中。我看见黑暗在他身体里打转。我看见他课间休息打篮球时脚不着地。他不时飞起来。不像一只鸟，却微妙地像是一个人。

当然，作为特需助理，我只能做这么多。我可以祈祷。当我注视着他的眼睛时，我祈祷，我的祷告词是，你好，你好，你好。有时我会听见暗影的回应，我不得不把膝关节抵住大腿才能让它们挨着我而远离男孩。这个男孩令人不可抗拒。他把头发从出汗的额头往后捋的模样，他身上矿物的味道，他手里握着一支铅笔，握着一支铅笔，握着一支铅笔，他的手！我们过去的恋爱很简单，那是情人们的梦，在梦境里彻底消耗彼此。现在却有了额外的东西，这个男孩，这种刻骨铭心的感觉，想要操他的感觉，就像他在我十五岁时操我一样——直

1　海伦·凯勒（Helen Keller，1880—1968），美国作家、教育家。代表作有《假如给我三天光明》《走出黑暗》等。据说在她开始学习时，家庭老师安妮让她感知事物，并在她手上写下词语。

至其他星系。

我不由得想这是我靠近暗影最近的距离。所以不久之后，我不再那么努力帮助他阅读。我发现阅读无法促进我们的关系。不是每个人都得那么文学，有若干伟大理由抵制语言，而其中一项便是爱情。这个男孩的残疾是暗影在以它的方式说我爱你，我在这里。我试图满足于此，同时男孩自己也开始爱我。这真是惊心动魄的甜蜜。我猜想这就是我在高中时错过的东西。他看看我，又移开视线，再看看我，再移开，他弄断了铅笔尖，说操，脸刷的红了，又看看我的腿，再看看地板。他狠狠地盯着油毡地板看了许久，毫无疑问他也注意到了其他东西，他的年轻老师的乳房和臀部，以及他想对它们做的事。我看到他正在偷看自己的裤裆，想藏到课桌底下，再没比这更令人喜欢的场景了。

只有一个办法能让这事发生。学生正走在回家路上，老师开车经过，问要不要载他一段。男孩看看他的老师。阳光闪进他的眼睛，他眯了眯眼，万物静止，地球上仅有的动静便是阳光的闪烁与男孩的眯眼。就连小鸟都一动不动。老师暂时被阳光与眯眼麻痹，但这并不足以拯救男孩。她斜过身去打开副驾驶座的车门，这个动作结束了男孩的青春，他老了。

要我送你回家吗?

都行。

你有规定的回家时间吗？

没有。

你有想去的地方吗？

我们可以停车。

最初的六个月，我总是游走在持续的惊愕状态里。我看着其他情侣，心想他们怎么能够如此平静。他们明明手牵着手，却好像没牵一样。而史蒂夫和我手牵手的时候，我总忍不住一直低头去看，惊讶不已。那是我的手，我一直拥有的同一只手——但是，看啊！它握着的是什么？它握着史蒂夫的手！谁是史蒂夫，我的三维男朋友。每天我都想着接下来会发生什么。当你停止渴望，当你感到快乐的时候会发生什么。我猜想我会永远快乐下去。我不会因为渐渐感到无聊而把事情搞砸。我之前已经这样做过一次。

事情有些复杂。事实上他不知道我们之前曾经约会过。但结果证明这也没什么。我们的血液里都是爱。他把我们之间的感觉称为“怪异”，我也没什么要补充的。我亲吻着他大腿的后侧，它们就唱起歌来。他伸手把我拉到他的背上，我躺在那里，像是躺在海滩温暖的沙粒上。就像这样。这就是一切。这就是万物的意义所在。

还有年龄差异的问题。当你和比你年轻很多的人约会时，便开始留意到其他有同样问题的情侣。你遇见和比自己年轻或者年长十五岁甚至二十岁的人约会的人。你和他们聊天。

我觉得这是种挑逗。

我也这样想，我绝不再约会与我同龄的男人，至少比我小十岁才行。

史蒂夫比我小十岁，我觉得他喜欢我比他老。

他当然喜欢。所有男人都幻想年长的女人。这是恋母情结。

是啊。但是感谢上帝我比他妈妈年轻。

我就没有。盖布的妈妈四十岁。

哦，你多大?

四十三岁，你呢?

二十四岁。

我们学着保持谨慎。而其实没有人真的在意除了他们自己以外的其他任何人，这对我们有好处。他们确认一下你没有杀死什么人，什么他们认识的人，然后他们就回到自己的话题，思索如何在与自己的关系中取得真正的突破。人们总是在突破，就像大门乐队的歌《突破（到另一边）》。但我真的有过，我突破过两次，我觉得宇宙是多孔的、激进的，你可以挑逗它，你甚至可以与它胡闹。而一直以来，我依然是特需助理。我到处帮助孩子。开发他们的核心能量，引导他们。就算教不会他们识字，也至少让他们体会终极的欢愉。我希望有一天他们所有人都懂得爱。我希望女孩们可以挺起胸口无畏地走进黑暗。我希望男孩们能稍微安分守己些。坐在后排的那群男孩从不认真听讲。他们传递纸条，甚至都不愿意把纸条折成尽可能小的方块。纸条像大白帆一样在教室后排漂流。这实在叫人生气，我想要羞辱他们，直到他们再也不敢传那么大的纸条。不然人们为什么要发明折纸？我径直走到教室后面，抓起我看到的第一张白帆。它甚至都没有对折。上面写着：凯特琳给史蒂夫·K口交。

没有写我的名字，我或许本该松口气。但我没有。我倒吸了口气。我对于这个时刻完全没有思想准备。我的大腿瓦解成一波波痉挛，突然之间我理解了人们为什么喜欢枪，不是为了射击，天哪不是，我是个彻底的和平主义者，只是为了拥有。知道它就在那里。如果我的抽屉里有一把枪，我现在就能想着它，它会让我平静下来。我会深吸一口气，然后怒斥那些男孩。但是因为我没有枪，所以我走到了凯特琳的课桌前。我看着她的圆脸，叫她到走廊来一下。要把空气一丝不苟地具化成精确的声音很难。她站起来走在我前面穿过教室。我经过史蒂夫身边时，他低着头像个惹恼了老师的十五岁男孩。凯特琳和我站在门廊里，闻起来有股发蜡和烂香蕉的味道。

你给史蒂夫口交了吗?

哪个史蒂夫?

史蒂夫·K。

噢,我还以为你说的是另外一个史蒂夫。

史蒂夫·冈萨雷斯?

是啊。

我说的不是他。你是他的女朋友?

史蒂夫·冈萨雷斯?不是啊。

我说的是史蒂夫·克劳斯。

噢,是的。我们在约会。

她的头发扎成两股法式小辫,穿着一件上面写着“汤米姑娘”的运动衫。她一点都不怕我。她问我的耳环是从哪里搞来的,我说是我阿姨给我的圣诞礼物,她说她圣诞节连个屁都没有得到,然后我们走回教室。我没有看史蒂夫。我不知道是他主动,还是暗影对少女有偏好,我甚至都不知道当我对自己说出“暗影”时,我在说什么。我把发烫的脸颊在黑板上贴了几秒钟,然后我写下“平静”这个词语。这是作为特需助理的唯一好处,你可以在任何你想要的时候,在黑板上写下“平静”两个字。谁会抱怨呢?这就是平静。它会帮你写下来。

这天早晨我在邻居修剪树木的声音中醒来。我告诉自己，只要我一起床，他就会停止修剪。树越变越小。很快就只剩下树干了，他不得不去地底下修剪树根，我却还是爬不起来。树根也没有了，他要挖穿地球，我告诉自己，等他从中国出来的时候，我就起床。这花了他一整天的时间。我哭泣着，不受控制地蜷紧又松开。我因为头痛而翻滚，像一块只为呻吟而生的肌肉，但是当我的邻居到达熔岩地心时，我一动不动。我筋疲力尽地放空，仿佛在为天花板做全身检查。我能感觉到他正要从上海的街道下面钻出来，让我害怕的是，我饿了。这是身体在表达希望。当他钻出地面、步入中国的空气，我坐了起来。他对着空气犁地，穿过树叶，然后是云朵。我的邻居一直挖到另外一个空间。他切断银河，穿过星星和星尘。他绕着宇宙兜了个巨大的圈。然后扑通一声静静落下，回到他的院子里。我拉开窗帘，看到他正拿出洒水器。天暗了，如果他看见我，我就能活下去。抬头，抬头，抬头。他抬起眼睛，就好像这是他自己的主意，于是我挥了挥手。

注意：尽管马德琳·英格真的写过一本书叫《倾斜的星球》，但是这个故事里套用她名字的角色是完全虚构的，她丈夫的角色也是。

十件真实的事情

这些女人中有几个真的是缝纫高手，你不由得想，她们为什么还要来参加初级缝纫班？我倾向于认为那是因为她们的自我评价太低。她们看起来尽在掌握，生来就是为了让我们这些剩下的人感觉自己笨手笨脚，但是内心深处，她们的自我认知扭曲反常。至少我了解自己的技术水平。我真的是个很糟糕的缝纫工。然而有趣的是，我还不是班里最糟的，我隔壁那个矮小的亚洲女人才是。我很肯定她以后会是个真正的缝纫高手，因为世界上大部分的衣服都是亚洲女人做出来的，而且，谁会更擅长做一件和服呢，是我，还是某个中国人或者日本人。好家伙，她是不是灌输给了我一些种族歧视观念。她是正试图做一件和服风格的袍子吗，还是她觉得我们在做狗窝？我一度被她弄得极其分心；我惊讶于她对所有指导的理解。比如老师说，修剪多余的布料，这个女人便小心地把她的粉红色法兰绒对折起来，用针别住，然后坐坐正，等待下一步指示。如果所有的事情你都对着干会怎么样？她怎么知道自己什么时候做完？为什么没有人来管管？我要不要做些什么？我又该怎么做？但是有一天老师走过来，叫我拆掉最后五个缝口，我简直要叫出来，我的缝口？至少我的缝口是为两足动物准备的，怎么不看看她最后五个缝口？老师像是立刻读懂了我的心思，把手放在那个女人的肩膀上说，苏，你真是个艺术家。于是苏笑起来，老师也笑起来，她们一起大笑。所以随便吧。显然，我一无所知。但没关系，我不是为了学习缝纫来参加这个班的。我有我自己的理由。

他以为我完全不懂电脑，我却足以知道他整天都在发邮件。我知道电子表格和电子邮件之间的区别。他甚至都不把电脑的声音关小些，我整天都听到那句“你有新邮件”。我还不得不假装这是算术的声音。他与我待在一起时不拘一节，所以我知道他几时收到火辣性感的邮件以消解心脏的狂热。我并不想显得诗意。但我能看到他的心脏正隔着他的衬衫口袋剧烈跳动。我了解这个男人，他盯得我紧紧的。我是他的秘书。

他曾经租了两间办公室，自己一间，另外一间小小的给我。但是之后他又说最近手头紧，我们要合用一间办公室。手头紧。他计算 13 加 72。2 加 3 等于

5，查看一下邮件，1 加 7 等于，查看邮件，8，查看邮件，最后得到总数，他妈的我到底是谁，总数 85。他就是这样分割他的一天的，用最痛苦的方式，一刻接着一刻。一个更强大的男人会直接毙了它，结束它的苦难。而一个更好的会计师会自己干活，而不是雇用另一个稍微便宜一点的会计师，并且对差异视而不见。你表现得很吃惊，但是你肯定知道。会计师们总这么干，印度餐厅也一样。豆腐乳酪？点得好。然后服务生把点的单交给厨子，厨子再交给打杂的，打杂的一路小跑穿过街区，从另外一家简陋的印度餐厅里点了豆腐乳酪外卖。这就是为什么越昂贵的餐厅要花越长时间才能端出食物。都用在路上了。这么说来，我就是那个打杂的，是我雇了真正的会计师，分给他屈辱。为什么有人会这样做，克服种种麻烦假装成一个会计师，不假装不是容易多了嘛。因为你已经无法脱身，你说你会做，于是你就不得不去做，接着他们还都指望着你去做，那还不如就去做吧。我估计他在第一次约会时告诉她自己是会计师。接着他印了名片，上面写着“里克 · 马拉索维奇，会计师，236-4954”，他给了她一张。然后他为了这个号码搞了一台电话，又为电话搞了一张桌子，再为了桌子搞了一间办公室，接着是我。所以从某种意义上来说，我俩都在为她打工。

我想知道她是谁。她是否有着惊人美貌？她是否太无知，不配知道真相？或者她是否也是骗子，这是他俩合伙一起干的？我不相信心理学说的，你所做的一切都是因为你自己。这太不对了。我们是社会动物，我们所做的一切都是因为其他人，因为我们爱他们，或者我们不爱。她从未来过办公室，有时候她会打电话来。通常他会让我告诉她，他不在。

里克·马拉索维奇办公室。

达娜，我是埃伦。

你好啊，埃伦。

（里克点头就表示他在，摇头表示他不在。）

里克在吗？

他不在。要我带个话吗？

能让他在回家路上顺便帮我拿一下花朵精华素吗？

花朵精华素是什么？

是一种从花朵里蒸馏提取出来的药剂。

像是玫瑰水？

嗯，差不多，不过是粉红色的猴面花。

这药有什么用？

克服身体的羞耻感。

哦，我会告诉他的。

（或者还有一次）

你好，里克在吗？

他不在，要我带个话吗？

你能让他尽快打电话给我吗？

哪里着火了？

什么？

什么事那么着急？

我无所事事。

哦，我会告诉他的。

所以这些年来我开始了解她。不同于我了解他的方式；我没有日复一日看着她的涓涓汗水流进流出。但我们就像常春藤一样只要有空间就生长。她仿佛为我留着空间；她从不在可以找碴离开的沉默间歇里离开。她从不询问，也从不退避。这正是我看重的品质，不退避。有的人得在他们面前摊开红地毯，他们才能往前步入友谊。他们看不到四周向他们伸出的小手，无处不在，如同树上的叶子。

里克·马拉索维奇办公室。

达娜，我是埃伦。

你好啊，埃伦。

里克在吗？

他刚刚出去。要我带个话吗？

你能不能告诉他我要晚些回家？

怎么了？

我要参加一个初级缝纫班。

在哪里？

成人教育中心。

好的，我会转告他。

这是一只伸出的手，女人干燥的摊开的手心，而我握住了它。我早早回家，赶在上课前再打量一下自己的房间。我想要用她的眼睛来审视一切。把一个新人带入我的生活之前，我常这么做；我想要感知一下自己是谁，好让他们更容易地了解我。我在屋子里走来走去，透过一个有身体羞耻感和对缝纫有兴趣的人的眼睛观看。我把厨房里的东西换了换位置，把我最好的毛衣随便扔在床上。我掸了掸电视机上的灰尘，再把书桌上的纸弄弄乱。她不会来这里，但是见过她之后，我会回到这里，我知道我将感激自己的先见之明。

我没法立刻知道谁是埃伦，因为上课前我们没有玩名字游戏。过了一定的年纪，他们就放弃名字游戏了，这对像我这样喜欢围成一圈谈论自己的人来说，多少有些遗憾。我希望有这样一个班级，我们可以一直围着说话，一圈又一圈，直到最后我们说完了关于自己的一切。这个班坐成一排排，很难看到所有人的脸。教室里放着十四台胜家牌缝纫机，我们每个人面前都有一台。不知怎么的，我并不太喜欢机器；我脑海中浮现出针线，女人们坐在一起，一边缝线一边聊天。我猜想那样才更像是缝纫聚会。但是老师走来走去看我们每个人用缝纫机缝出直线时，我侧耳聆听，前面那枚柔软的棕色脑袋喃喃自语着，她搞不定线轴穿线，她把“线轴穿线”说得像是“粉色猴面花”。一枚亲爱的棕色脑袋，温柔的棕色头发，亲爱的亲爱的头发，亲爱的温柔的脑袋。第二天上班时，我重新打量他，试图从他身上找到一些优雅，找到能让那种温柔着陆的东西。或许它就在那里，就在那里，而我作为一个多多少少有些恨他的人，只是无法透过自己的视角看到而已。

接下来的周末，我去布料商店买红蓝相间的格子布，我离开商店时，她正迎面从车里走出来。我停下脚步，又意识到她认不出我，因为上课的时候我坐在她身后。我让她走了。我看着她像自然纪录片里的动物一样，自在地走进商店。第二天上课时，她拿出一块最惊艳的布料。上面有羽毛的图案，地球上所有不同种类的鸟儿的所有不同种类的羽毛。从我坐着的地方看过去，它们就像是照片一样。能做到吗？把照片印在法兰绒上？我想象她绕着世界飞行，为所有的鸟儿拍照。它们聚拢在她身边，它们教她飞翔，她穿过身后的空气，一点都不害怕。这个星期她还是搞不定线轴，跟我一样。

苏把自己的线轴整个拿了出来，放在地上。她不用线轴，自信无比。这个苏啊。

埃伦先接近我。事情总是这样的，因为我个子大。小东西总是朝大东西靠拢，就拿大海和河流来说，小东西与大东西合而为一。我们没有合而为一，但是我们在课后彼此做了自我介绍，我说我是她丈夫的秘书。我告诉她是她启发了我参加这个班，我希望我们能够彼此了解。在诚实的基础上建立友谊很重要。她点点头，在各个方面都表现得很迷人。我不是要在这里谈论女同性恋，尽管我并不反对这个，而且我猜想如果一个女人在我面前的烛光里跳一段特别缓慢又有技巧的脱衣舞，有些微妙的身体接触，我可能会被勾引。我对新事物保持开放，但目前的情况不是这样。第二堂课以后，我们一起回到我的屋子。我带她参观了一下，当她瞥进我的卧室时，视线落在了我那件最好的毛衣上，我每天都重复把这件毛衣扔在床上。她说，真温馨，一种温馨的感觉围绕着我们。当她看到我乱糟糟的桌子时，她说她的也是这样，而且电视机上没有灰尘，以及我很容易去爱。人们只是需要一点点帮助，因为他们已经太习惯于不爱。这就像是在陶土上做个记号，好让另一块陶土与它粘在一起。

我用浓缩果汁来做橙汁，还教给她从一只真的橙子里挤果汁兑进去的技巧。这样能消除冰冻的口感。她为此惊讶不已，我大笑着说，生活就是这样简单。我的意思是，你在这里，生活变得简单，等你走了，就又艰难起来。这一天过得像个生日，我们的第一个生日，而我们自己就是礼物，被一次又一次地打开。我们试穿了彼此的鞋子。我的鞋差不多是她的两倍大，仿佛还不错。这不仅仅是我的鞋子；这是我的脚，也是我身体所有其他的部分。她的胳膊挨着我的胳膊，看上去就像是一个胎儿挨着一个孩子。她说她或许还在长个子，我们又把腿挨在一起，它们同样也根本就是两个尺寸，我们的好奇心像玫瑰般盛开，我们想知道，我们真的想知道，有关彼此还不被了解的一切，我们如何相同，我们如何不同，或许没有人像我们这样。我们想在黑暗的水中激起闪电，哪怕只有一秒钟，也要看看水底的整个世界，那里有颜色和形态各异的一亿种生物。此刻向我们展示生命吧。我们把肚子和嘴唇挨在一起，它们也是不同的尺寸，但我的嘴唇差不多与她的耳朵一样大，而她的胳膊抱住我的腰时感觉很长，更重要的是，很温暖。我们沉默着，注视着对方。望进彼此的眼睛太危险了，但我们正在这样做。你能注视另一个人多久？当你不得不再次想起自己之前，这就像是把画笔浸回去吸收更多墨水。而在很长一段时间里，你无须更多的墨水，也没有理由需要任何其他东西，因为她和我一样好，和我一样住在这个地球上，和我一样经历痛苦。她移开视线，把床单拉到下巴。

之后我倒了更多橙汁，教她如何做橙汁冰块。但她说她已经知道怎么做了。她穿上了她的裙子和袖珍鞋子。突然已经很晚了，从我坐着的地方看过去，我能看到灰尘开始重新聚集在电视机上。我或许再也不会给电视机掸灰了；我没有理由这样做。这让我感到剧烈的悲伤，于是我拿起一块布，立刻开始四处掸灰，我这么做的时候，她说，我能问你一个私人问题吗？我说，什么？她说，你还会碰女人吗？我停下来。这不是一个问题，这是个答案，我只能认同。我说，不，应该不会，除非有人跳缓慢而有技巧的脱衣舞，即使这样也应该不会。她说，我也是，我不再掸灰，把抹布折成小小的方块，握在手里。接下来我感觉自己喝了太多的橙汁，果酸正在摧毁我的胃，以及我其余的部分。我静静坐在那里，试图维持人形，不释放任何气体。我低头看着自己粗壮的大腿，它们让我想起她的丈夫。她正在收拾她的钱包和钥匙。我直起背来，向她走了两步，说，我现在要告诉你关于你丈夫的十件真实的事情。我举起一根指头。第一：他不是一个真的会计师。她说她已经知道了，其他九件事是什么。我说实际上只有一件，其他的都是些相关细节。我问她有没有想到过印度餐厅的类比，她说，你是什么意思？我解释了一下，她问我是不是在说种族笑话，我说，不是的，这是一个秘密的事实。但是我们不再对秘密的事实感兴趣，或者其他任何形式的真相。

她离开以后，我站在客厅中间，我觉得只要我愿意，站在那里多长时间都没关系。我以为自己会渐渐感觉无聊，但是我没有变得无聊，只是变得更糟糕。我依然抓着那块抹布，我知道我只要松开它，就又能挪动身体了。但我的手像是为了永远握住这块抹布而造。我当了他三年的秘书，每一年都是由无数个时刻组成，如果不是为了她，所有的时刻都难以忍受。现在已经很明显了，我们，或者至少是我，是为了她而工作。就像是母亲为养活孩子而工作，丈夫为妻子而工作。我感到地基开始摇晃，我对自己说，快跑！但是我不能跑，不能从这个我花了三年建造的地方逃走。我握着抹布，听任所有东西掉在我头上。我的膝盖弯了，我扑倒在地板上。我用英语哭泣，用法语哭泣，我用所有语言哭泣，因为全世界的眼泪都是一样的。世界语。

第二天我出于好奇去工作，像是人们在战后回到村庄想看看还剩下些什么。胶带座还在那里，我的椅子和桌子、他的椅子和桌子也在。但是其他东西都不见了。

一切无法察觉的东西都不见了，在它们原来的位置，只剩一个糟糕的会计师和他的秘书。他中午走到我桌边说，埃伦告诉我说你们俩有一个小小的 tête-à-tête[1]。我盯着他的袖子，好像那是他的脸似的。我没想到事情会变得那么糟，羞辱会在杀戮中起舞。我甚至不知道“tête-à-tête”是什么意思。我想立刻辞职，想剪光自己全部的头发，还有他的。我想把我们的头发都剪了，混在一起点火烧掉，然后再辞职。但我没有做这当中的任何一件事。

最后一天上课，提供水果潘趣酒，我们都穿上了自己做的袍子。我们把袍子从缝纫机上取出来，熨烫好，套在自己的衣服外面。我们看起来像是一群彼此熟识的女人。早晨一起醒来，伸个懒腰，披上袍子。苏格兰格纹袍子，桃红色袍子，她的羽毛花纹袍子。我站得离她远远的，她站得离我更远。我转向另一个女人，摸着她腰间的带子，问她怎么能把包角处理得那么笔挺。她说她用了枚大头针，就那么简单，她能教我怎么做。她把我腰带的末梢放在她的膝盖上，开始挑出包角。每一个动作带来的微弱震颤都通过腰带传递到我的腰肢；我希望埃伦在看。空气里流动着法兰绒的温柔；模糊了成人

1　在法语里的意思是“私会”。

教育中心的冷漠气氛。两个女人正温柔地擦拭着把潘趣酒溅在自己身上的第三个女人的胸口。一群更年轻的女人在互相编辫子。而我与埃伦之间的那块油毡地板依然保持着平整和光洁。然后苏突然拿着袍子从洗手间里赤裸地走出来。她发现她没法穿上那件袍子，因为那根本不是一件袍子，那什么都不是。所有女人都停下来，陷入沉默，埃伦和我迅速地看了对方一眼。我们想起彼此的裸体，像是空气里的一阵抽搐。她的眼神里没有歉意，也没有爱意或者关心。但是她看到我了，我存在着，肩头的压力消失了。不费吹灰之力。苏大胆地穿过房间，把她那团法兰绒放在地板中央，仿佛一个粉色的蜂巢或是一只巨大的郁金香球茎。所有女人都围坐过来，如同围着火焰，我们都知道最好不要去触碰，却无法移开目光。

手指操

我爸爸在去世前教给我他的手指操。这是能让女人高潮的手指运动。介于我本身就是个女人，他说他不知道这操对我来说是否也管用，但这是他能给我的全部嫁妆。我知道他的意思：他指的是继承物、遗产，不是嫁妆。一共有十二个步骤。他像打手语一样在我手上比画。它们差不多就是速度和压力的各种不同组合。有些花哨的动作是我想都没有想到过的。我猜想这些都是他在出海的时候学的。一次速度和方向的突然逆转。手指保持一个节拍的静默，紧接着进行长时间的快速抽插，他称为“剥皮”。我一直想要用笔记下来，他就嘲笑我说难道紧要关头我还要掏出笔记来看吗。你会记得的，他说，然后他在我的手掌上用干燥的手指重复了剥皮动作。感觉像是在做手部按摩。他无比自信。我无法想象自己怀着这样的自信单独使用这套操。他说，你会让某个女人非常非常快乐。但是我知道我从未让任何人非常非常快乐过，等到我要去做的时候，我只能想象让爸爸也加入我们。但他大概已经死了，而且我猜想她会是个同性恋，根本不愿意他碰她。我将不得不自己做这套手指操。我得决定她到底喜欢第六节还是第七节。她能经受得住那个顿拍的强度，并且享受接下来剥皮所带来的快速愉悦吗？我不得不聆听探索。我爸爸说，不单要听她的呼吸，还要观察她后腰那一小块皮肤的湿度。汗液是你的密探。这一刻她还干燥得像只猫，到了下一刻，她就像开普敦一样洪水泛滥！不要犹豫等待，不然你会错过那艘船，跳上去，只管向前，向前，向前。

每天早晨当我想要鼓励自己积极向上时，便想起他的这句话，这是一种巨大的安慰。我知道有一天，我会遇见一个特别的人，我会有个女儿，然后我会把他教给我的东西再教给她。不要犹豫等待。只管向前，向前，向前。

Mon Plaisir[1]

这样很可爱。

我知道，但不要这样。我想剪个到下巴那里的波波头。

你不想剪得再稍微短一点吗？如果我剪到这里呢，到你耳朵这里？

你觉得这样更好？

也不是，但是这样的话，你就能再剪掉大概十英寸左右的头发，我们会把头发拿去爱心假发。这是个为那些没有头发的儿童做假发的慈善机构。

你为那个慈善机构工作？

不是。

那我还是想要剪那种波波头。

要不你可以让头发再长一英寸，然后你过来，我帮

1　在法语里的意思是“我的荣幸”。

你剪个波波头。这样我们谁也不吃亏。

不行，我就得今天剪。这是我余生的第一天。

哦。上个星期我也有过这样的一天。

真的？发生什么了？

我醒来以后想着，这是我余生的第一天。

然后呢？

我开车去上班了。

哦。

是哦。

我们给孩子们一些新头发吧。

我丈夫看到这个新发型，露出那种我们中的一个忘记我们是谁时会流露的神情。我们不买速溶可可粉，不说悄悄话，不买霍尔马克贺卡，也不相信霍尔马克式的礼节，像是情人节或者婚礼。总的来说，我们尽量远离**无意义的事情**，我们喜欢的事情都是**有意义的**。在我们心中排列前三位有意义的事情是：佛教、合理饮食、内心风貌。理发与修剪手指甲脚趾甲归在同一类，同样在这一类的还有修剪草坪。我们并不太情愿修剪草坪，这样做只是为了避免与邻居之间不必要的矛盾。邻居们喜欢把灌木修剪成可笑的动物形状。卡尔注视着我的样子，仿佛我是邻居中的一员，而我的头发是可笑的动物形状。接着他继续抄写巴里·门德尔松的达摩讲义，这个人差不多算是当地的宗师。我丈夫免费为我们常去的禅宗室抄写这些讲义。有时候讲座很长，他得花上十五个小时来抄写。但他觉得很值，因为当抄写好的讲义出现在松木谷禅宗网站上时，他可以说：这是我写的，从某种意义上来说，确实如此。

我回到卧室，为了不弄乱我们的床单，我在地板上躺下。从我躺着的地方，能看到床底的灰尘和旧杂志，它们让我想起一个关于蚂蚁的纪录片。在地下也有完整的文明世界，就跟我们地面上的城市一样活跃。我们已经不再性交了。我不是抱怨，这都是我自己的错。我躺在他身边，试图向我的阴道发送信号，但这就像是要从一台没有安装有线的电视上收看有线频道一样。我的头脑要求性爱，而我的阴道只是在等待着下一次不得不小便的时间。它觉得它生命的所有职责就是小便。

八点卡尔去打太极拳，但是提早回家了，因为老师没来。来了个代课的，卡尔觉得那家伙是个冒牌货。

你是说他不是一个真正的太极拳老师？

他是个喜剧演员。他一直在逗大家笑。

哦，我还以为你的意思是他跟街尾那人一样，是个骗子。

他还用美国名字来称呼所有的招式。

但如果一个真的喜剧演员到街区来教太极拳不是很奇怪吗？就好像鲍勃·霍普来教太极？

他把云手叫作“猴爪”，我可不要付十四美元一堂课去学什么“猴爪”。

我们早早上床，我问卡尔想不想要吮吸我的乳房，他不想。吮吸也是我们觉得有意义的事情之一。有点像是佛教和合理饮食，但又不完全是。事实上，吮吸在另外一个分类里。那个分类里的其他事情可能还有：

我对无所名状的事情无以表达的愤怒。

以及：

还有“更上一层”，而我必须要达到的感觉。

卡尔或许还有些其他可以加入这个清单的事情，那些事情可以被称为：“我们不明白而且也肯定不会去讨论的重要的事情。”关灯前，我们在床上看了很久的书。我读了一篇有关自闭症的文章。这年头似乎到处都是自闭症。如果我有个孩子，而他开始把纸片撕成一小片一小片的，我不用花上几年才知道真相。我会立刻想，天哪，我孩子得了自闭症，我得马上着手解决。但是我不会有一个自闭症孩子，我不会有孩子；我已经太老了。不是那么那么老，勉勉强强。一个有毅力的女人可能还会尝试，但对于像我这样的女人来说已经太晚了。

我早晨七点醒来，对自己说，这是我余生的第二天。这没什么特别的，只是一种漂泊的感觉。就好像船在两天前起锚，我此刻正在航行。我试图留意所有东西，像观光客那样，即使一切都熟稔于心。我以前这样做过；事实上，四年前是我让卡尔和我自己都关注起健康来。先是用全麦面包做三明治，然后是我从未真正掌握过诀窍的太极拳，再然后就是佛教。在最初嘲弄的拒绝之后，卡尔全身心地接受了整个生活方式。有时候我想他实在是太讨厌我的新爱好才不得不出于挑衅而加入我，就像是在说：你跑得了，但躲不了。我还像过去梳长发一样梳理着我的短发，一不小心梳子就敲到肩膀。这是一种微妙的全新的陌生感，而我像守护蜡烛般守护着它，希望它能够引领我抵达一种更新、更陌生的陌生感。或者我可以累积许多小小的新路径，叠加成一条宽阔的崭新大道。这样想着，我开车去了鞋店。我挑了一双完全不是我的风格的鞋子。女店员与我一起盯着我那双在黄色系带布鞋里苍白的露着青筋的脚。

需要我帮你把鞋子装起来吗？

不用，我就穿着出去好了。

我不建议你这样。

是吗？

嗯，我一般会先在房间里穿着鞋子走几天。这样如果有什么不舒服的，我还能退回来。

这真是个好主意，每个人都应该这么做。

人们总喜欢把生活搞得更复杂。

我知道我就是这样的。

在房间里试鞋子，这是第一步。

第二步呢？

穿出去。

第三步呢？

第三步？你自己决定。

我穿着新鞋开车去治疗，下车前又脱了下来。我每次走进露丝的办公室，稠密的乌云就从我的心头飘走，展现出一片错综复杂的风景，一座灰茫茫的小镇，一个注定消亡的城市。我总是瘫软在这里，露丝不得不用问题把我拉出来，比如，可能发生的最糟糕的事是什么？

我们可能再也不会做爱了。

但这几乎是不可能的。

嗯，我觉得我或许再也不想做爱。我甚至都不在乎。

我有个经历了车祸的病人，她是真的不能再做爱了——她瘫痪了。但是他们的关系就结束了吗？

是这样吗？

没有。他们肯定有阻碍，但是她的伴侣依然那么爱她。

听到这里我哭了，为了那个受伤的女人与她伴侣之间的感情，但我哭的时候，心里想着会不会露丝用了“伴侣”这个词是因为她们是女同性恋。她们当然是的，瘫痪的女人或许还参加州长选举。我哭得更厉害了。我一定会投她的票。但是她真的存在吗？还是露丝编造出来的？就像我也怀疑她编造了她与丈夫之间那些甜蜜风趣的口角。每次聊到我跟卡尔之间的争吵，露丝都会说起她与丈夫之间差不多的逸事，不过他们并不争吵，他喜欢她闷气鬼的样子，而她因为自己是个闷气鬼而不好意思地笑起来。天哪，这听起来太他妈棒了；我也想要不好意思地笑我自己，我也想要变成一个闷气鬼。露丝递给我纸巾盒子，我们的时间到了。我擤了一半鼻涕，到了门外才全部擤干净。

我回家的时候，卡尔在冥想。我喜欢这样的时刻，因为他闭着眼睛；这让我有机会以自己想要的方式待在他周围。他坐在地毯上，而我穿上布鞋，坐在他对面的沙发上。一开始，我像个闷气鬼那样静静地弓起肩膀，沉下脸来。然后我坐直身体，不出声地说：

怎么了，闷气鬼？

我蜷着身体，不出声地说：你总是在该死地冥想。

我坐直：少废话，闷气鬼！（不知怎么的，我与卡尔之间的默片对白听起来像《小淘气》），别打岔，我正在感觉身心二元世界。

我闷闷不乐地蜷着：冥想，打坐，你知道吗，我也有身心二元世界。

我坐直：是啊，你当然有，闷气鬼，你像豆子一样分裂。

我蜷起来等待着我的重大时刻。我紧紧抱住自己，闭上嘴，安静地、不好意思地嘲笑我自己。唔，唔，唔，唔。一开始很心碎，我开始哭。但是哭是一种习惯，于是我更进一步，垂下眼睛，变得更加不好意思：唔，唔，唔，唔。我找到了节奏，忘记了嘲笑，每吸四口气便呼一口气。我用胳膊环抱着自己，这感觉很好，像是策马飞奔，唔，唔，唔，唔。我奔驰的时候，感觉自己正与卡尔并肩而行，这是否也是一种冥想呢。或许我意外掌握了一门强大的印度呼吸法，唔，唔，唔，唔。或者只有当你练习了很多年，宗师们才会教给你这个。卡尔的禅室就不教，你得去印度学，唔，唔，唔，唔。我，一个普通的美国女人，唔，唔，唔，唔，正在做一种古老的被遗忘的印度式治愈呼吸。如果他们告诉卡尔，并且把我带去一个他不能去的地方，他一定要嫉妒死了。很抱歉，我会说，但是这件事比我俩的关系更重要。他会挣扎，他会试图做那个古老的呼吸，唔，唔，唔，唔，而我会同情地大笑，这是多么可悲的模仿，我真想一拳打在他的脸上。我的呼吸强烈迅速，我用小小的有力的拥抱摇晃着自己的身体，这是真实的，这种狂热是真实的，是古老的，是被遗忘的，唔，唔，唔，唔！突然，我停下来睁开眼睛。是卡尔。他感觉到了我的注视，睁开眼睛看着我。我在。我们在客厅里。

那天晚上他想要吮吸我的乳房，于是我撩起睡衣。我什么都不需要做，我的乳房就在那里，他吮吸着，这总会让我感觉悲伤和渴望。但它们是相反的；渴望拥有着悲伤所应该拥有的深度和腔调：渴望是疼痛，是哀嚎，是啜泣。而悲伤则被可怜地限制在渴望的范围里，它只不过是些许情绪，与皱眉紧扣在一起，是可以被扑灭的。当乳房里有奶水的时候，这些感觉或许能合理相处。我的膝盖能感觉到卡尔的勃起，而我等待着它消失，过了一会儿，它消失了。他松开乳头，我们躺在如同我们自己一般的半明半暗里。

你注意到我的新造型了吗？

你的头发？

不只是头发。

你是指内心？

是啊，我还买了双新鞋。

哦。

一辆车从外面经过，我们看着一道道光线滑过天花板。卡尔踩住我的脚，我也压压他的脚掌。第一次睡在一起时我们干过这样的事，这是七岁小孩的动作。我们从未有过真正的恋爱期；我们在一次聚餐上相遇，很快发现彼此都刚刚经历了分手。等我们不再谈论前任的时候，已经在一起一年了。我压压卡尔的脚，他踩踩我的。如果这个动作是一个人，那他现在大概在念二年级。而这只是动作而已。但是我们这样做的时候，我仍然觉得比其他任何时候都更接近他。就好像我们的脚在一个完美的诚实的恋爱关系里，而从脚踝往上，我们却是迷失的。我又动了动他，他没有再回应；他睡着了。

在我余生的第八天，我开始疑惑这到底是否真是我的余生，或者不过是同一段生命的延续。我无以为继。第二步是穿上鞋走出去，于是我这么做了。我在街区里走来走去。我走去繁忙的大马路，去了大学生们喜欢闲坐的热门咖啡馆。因为没带钱包，什么都不能点，于是就借用了一下卫生间。我用了马桶、厕纸、肥皂、水、面巾纸，卫生间里提供的一切。然后我出来，看了会儿公告板。许多广告单的底下都有一排可以撕下来的存根；这些也都是免费的，于是我每样都撕了一张。接着我走回家。我躺倒在卧室的地板上，看着床底下，脑海里又闪过一模一样的有关蚂蚁纪录片的念头。整个文明。如同我们的。就在那底下。我翻过身来，嘴唇抵着地毯，哼唱起来：“为什么我得是坠入爱河的少年？”但我没有唱坠入爱河的少年，只哼着“为什么我得是”怀着相同的渴望，相同的心痛。我把那些存根拿出来摆在地毯上。它们五颜六色的，还有荧光色。很多只印了电话号码，没有任何其他参考信息。我把这些神秘的存根叠在一起，仔细研究其他的。三张寻找失踪的猫，一张寻找免费小猫，一张寻找电影替身演员，两张求转租，一张是素食主义家庭出租一间屋子，还有一张寻找看孩子的。我把它们按照需求排了排，又按照彩虹颜色顺序排列。我眯眼看着彩虹，直到漂亮的颜色模糊成一团，我轻声说出第三步：你决定。

那天晚上我突然开始想念我的头发。我在网上找到爱心假发，检索了一下接受者的照片。我的头发要做成假发戴在某个孩子的头上现在还为时过早，但这些照片还是打消了我的疑虑。微笑的小女孩们戴着好看的假发，手里握着她们以前的照片，照片里是愁眉苦脸光秃秃的模样。我知道我的头发将和其他九根马尾辫混在一起制成一顶假发。而我的白头发将被挑出来卖给商业假发厂，以抵消邮资和网站的运转费用。所以从某种意义上来说，我是个忙碌的女人。我的一部分在旅行，在抵消费用，在与其他女人的一部分一起形成永生的联盟。我感到欢欣鼓舞。爬上床去踩踩卡尔的脚，他也踩踩我的。

我觉得我们应该更进一步。

你是指孩子？

你知道我已经过了那个年纪。

勉勉强强。

是啊。不过我说的不是那个。是一件我希望我们能一起做的事。

性？

不是。你怎么会想到这个？

什么？我以为你的意思是，你说在一起，我以为你……

但你还是喜欢我们的方式的吧，是吗？

要不我们立马做一次？

我们用我们的方式做爱。卡尔吮吸着我的乳房，我为他打飞机。然后我转过身去抚摸自己，卡尔则轻拍着我的后脑勺。我高潮了，卡尔的手放回他的那一边，我在黑暗中转向他。

别睡着了。

我没有。

你不想知道下一步是什么吗?

是什么?

除非你答应跟我一起试试，我才告诉你。

讲不定我已经到下一步了呢?

你没有。

到底是什么?

你保证会跟我一起试试看?

好的。

我觉得我们可以做临时演员。你知道那种，背景演员。

就跟全麦面包一样，卡尔并没有一开始就热情地接受这个主意。我给他看那张上面写着电话号码和电影名称的荧光绿色小纸条时，他大笑，那电影叫《你好，马克萨米利恩，再见，马克萨米利恩》。但最终他因为我对这个产业如此缺乏了解而震惊。要比我知道得多简直太容易了，卡尔无法抵挡这种诱惑。于是我们开始了。

我很高兴那么快就回到了美发沙龙。这里温暖，充满水汽以及吹风机的嗡嗡声和专业洗发香波的气味。帕特里斯给我们看从爱心假发寄来的感谢卡，卡尔很受触动。他把自己交给她，仿佛她是在为红十字会抽血。每隔一小会儿我就从杂志里抬起头来看看他的进展。只是一些小变动，剪了胡子和头发，鼻毛和耳朵里的毛也修过了，眉毛弄整齐了些，但我觉得这些变化很有必要。如果我们看起来不够干净和普通，我们会把观众的注意力从前景演员身上分散掉。

我听不见他在说什么，但是卡尔好像有不少意见；他不断与帕特里斯交谈着。她点点头，退后一步打量着他，仿佛他是一幅画，点点头，继续修剪。我可以永远地看下去，卡尔和帕特里斯在温暖芬芳的房间里交谈着。不难想象想象他们做爱，她撩起裙子，他进入她，她的手就像这样插在他的头发里。她吮吸他；他喜欢这样。卡尔让我感觉亲切，帕特里斯则如同姐妹。“姐妹”这个词语真的太沉重了；我希望她来恳求我。我把所有绝望赠予她；我把一切不知道自己是否真的曾经拥有过的都给她。她俯着身体，仔细修剪他的眉毛，然后退后一些，把他转过来，问，你觉得怎么样？

我提议我们接下来去鞋店，但卡尔指出在电影里几乎看不到别人的鞋子。

但那是因为镜头靠近他们的脸。镜头不会靠近我们的脸；我们会在背景里走来走去，露出我们的鞋子。

如果我们远得足够别人看到我们的鞋子，那也没人能看清楚它们了。

我想了想，好像真是这样。卡尔似乎知道不少有关电影摄影和业内的事情，真奇怪。他起初奚落我的主意时，嘲笑我说，即便这不是一个愚蠢、低级，几乎算得上庸俗透顶的主意，我们还是做不了，因为我们不在工会里。

什么工会？

背景演员联盟。

真的有这么一个东西？

你不会以为他们能让任何人跳着华尔兹走进镜头里吧？

但他们确实如此；过了一会儿，我们在演出速成网站上搜索，发现很多电影在用完他们的联盟演员配额以后，就会雇佣普通人。我们也了解到临时演员的重要性；他们绝不仅仅是“临时”的。想象在古老西部一个人潮涌动的沙龙里。坏人走进来的时候，我们怎么会知道他是坏人？因为无数背景演员的动作都是在半途凝固，啤酒杯还未举到唇边，牌洗到一半，飞镖凝固在半空中。卡尔抄完了他每晚的达摩讲义后，我把这段话大声读给他听。

现在我能读点什么给你听吗？

什么？

行还是不行？

行啊。

若你能察觉一棵树的美丽，你便会知道什么是爱情。

太美了。

我也觉得。

是你刚刚抄的吗？

是啊，晚饭后它就这么冒出来了。

冒出来了……从耳机里。

没错。

在卡尔余生的第三天，我余生的第十一天，我开始拨打那个电话号码。演员速成网站解释说，你每次持续几小时按重拨键的意志力是一个筛选过程。这是申请这项工作实际而专业的方式，就跟从电台赢取门票的方法一样。导演们就是要找那些愿意做几乎所有事情，却又很乐意几小时徒劳无功的人。

我按重拨键时，浏览了许多关于背景演员的网站，这些网站链接到其他著名好莱坞影星的网站，然后又链接到成人电影明星的网站，最后，我发现自己正在观看一个年轻美女的私人摄像头页面，她叫萨万娜·班克斯。萨万娜并没有像我以为的那样赤裸着。她坐在桌子旁边，一开始像是在付账单，然后开始打电话。她看起来像是在查电话留言，但很快我就意识到，她可能跟我一样，正在按着重拨键。我突然很肯定，她是在拨《你好，马克萨米利恩，再见，马克萨米利恩》的演员招募电话。如果他们先接了她的电话，我会非常受挫。她不像我那么需要这个工作；她一个人住，有一个摄像头，她有很多很多的选择。她往后靠在椅子上，等待着。我也可以等待。我们被禁锢在惨烈的竞争中，陷入僵局。然后，我赢了。

演员招募。

你好！我想要应聘演员。

哪部电影？

《你好，马克萨米利恩，再见，马克萨米利恩》。

哦，那个已经满了。

真的？

对。

哦。

嗯，好吧，那么。

好吧。

这样，或许他们还会再要一个人。我不是很确定，但是如果你现在立刻赶过去，他们也许还会再多要一个人也说不准。

哦，但是不单单是我，还有我丈夫，他现在正在打太极拳。

好吧，两个人的话不太可能。

可这是最重要的——我们是一起的。

我不清楚，或许他们需要两个人，我真的不太清楚。

那你觉得我们该怎么做？

你们应该立刻赶过去。

真的？

你们会有什么损失吗？

没有。

每个人带三件衬衫。

我会带四件！

我挂了电话，又看了萨万娜一眼。她正穿上外套，抓起钱包。我拿好我们的衬衫，站到车道上。她有个不公平的优势，因为我还得等卡尔。

这是一个浪漫的悲剧。马克萨米利恩是一个老头，他爱上一个孩子，等她长大，却在她十八岁生日的时候老死了。我们被安排在比较前面的一场戏里，马克萨米利恩带着他六岁的小爱人去一家叫作 Mon Plaisir 的高级法国餐厅。我们和其他二十二个临时演员成双结对地簇拥在盖着长桌布的桌边。马克萨米利恩与那个小女孩就坐在我们旁边，握着手，以某种我觉得不舒服的方式互相望着对方的眼睛。不过我没有资格去评价两个虚构人物之间的爱情。导演助理戴夫让我们像平时在高级法国餐厅里用餐时那样吃饭和交谈，但是要小口吃，好让这顿饭能够吃上四到五个小时。卡尔低头看看他的盘子；不吃法国食物对我们来说很容易，因为我们注重健康饮食。开机！

你好。

你好，卡尔。

我们平常不会在吃饭的时候说你好。

我现在要喝一点水。

我也是。

不行，我们不能同时喝水。

为什么不能？

这样不真实。

但我真的渴了。

好吧，再等等。

卡尔往后靠靠，等待着。

你在干吗？我们得继续说话！

好吧，显然我不是一个演员，而且这也不是我出的主意，不是吗？

噢，太好了，那么现在这都是我的错了……

停拍！停拍，停拍，停拍，停拍！

这会儿我们学到了有关背景表演的重要一课。当戴夫让我们像平常在高级法国餐厅时那样交谈，他的意思是尽量平常些，但是不要发出声音。无声地交谈。他以为我们知道。我们不知道。我们甚至都不知道为什么我们会在这里。萨万娜·班克斯在哪里？我四处张望，但她不在Mon Plaisir。她当然不在。她甚至可能都不住在这个城市。她可能正在一个真正的法国餐厅里进行真正的约会。我看看卡尔，他也看看我。我们凄凉的现实此刻摆在跟前：我们不能离开，也不能交换搭档。马克萨米利恩用一根皱巴巴的手指轻抚小女孩的手，戴夫喊，开机。

突然之间我们变成了演员。我们像人们交谈时那样轮流表演，我们倾听、点头、无声地大笑、小口吃着食物。我们挪动嘴唇和面孔，我们不时变换姿势来强调语气，我们像年轻夫妇交谈时那样情绪热烈。卡尔甚至打断我，用嘴型和点头来表示他认同我说的，想必还想接着往下说，我知道人们高兴的时候说话的样子，所以我知道卡尔说了些有趣的事情。我无声地大笑，卡尔也露出微笑，一个真正的微笑，他为能让我开怀而高兴。看到这个微笑真是太好了，我感到自己散发着光芒，如此美丽，然后，停拍。

现在我们可以说话了，但我们却沉默着，甚至不敢抬头看着对方；太尴尬了。我紧张地等待着开机，当戴夫喊出来的时候，我抬起头来，正好看到卡尔的眼睛皱成一道微笑。他穿着衬衫，衬着新剪的头发，真是惹人注目。他倒了更多的酒，我们举起杯子来，用嘴型说，致我们！我知道我们俩说的这个“我们”并不是指我们，而是那两个在 Mon Plaisir 餐厅里第一次见面的人。我偷偷把手伸过桌子，卡尔迅速握住了它，我像一枚擦亮的火柴一样盛开。然后，停拍。

我们再次垂落着眼睛等待。他的手仍然盖在我的手上，却毫无生机，当灯光在我们周围调整的时候，我有时间去想还剩下多少镜头。不可能有足够多的镜头了。

开机，我拽紧卡尔的手指，他也握紧我的。紧迫感显而易见，我们都向前倾着身体，我握住他长着胡子的下巴，迅速地接了个吻，不想打扰到主桌。我们之间的气氛悲伤又绝望。我们不能把目光从彼此身上移开，每次吸气都是一个问题：是吗？紧跟着回答：是的。下坠，接住，再下坠，再接住，我们坠入危险的生机勃勃的地方；我一直知道有那样的地方，但从没猜出是在哪里。卡尔新生的幽默感在沉默中迸发，他微妙荒诞的动作让我惊讶得简直要笑出声来。如果不和他做爱，我便动弹不得。每次我变换一下坐姿，举起叉子，把头发从眼前撩开，仿佛都是在用各种暗含挑逗的动作示意着，亲爱的，慢慢来。我担心我们的呼吸声太响，我抓住他的小臂，他脱去鞋子，在桌子底下我们的脚像辩论般推搡。戴夫喊道，停拍，然后他说：

背景拍摄到此结束，谢谢你们，背景演员们！

怎么可以就这样结束了？卡尔和我无法相信似的看着对方。大家开始拍手，所有人都在拍手；我们只能从桌子前站起来，和其他二十二个用餐者一起蹒跚地走出房间。我们分别走向不同的化妆间时，甚至都没有看对方一眼。开车回家的路非常漫长，我们保持着令人窒息的沉默。穿过门口草坪时，卡尔停下来收拾我前一天落在那里的水管。我等了他一会儿，觉得站在那里有点傻，就先进去了。天色已晚，所以我开始做晚饭。只是我们一坐下，我就感觉非常古怪。我们再一次坐在一起沉默地吃饭。我把叉子插进蔬菜里，开始哭。卡尔抬起头来，我们隔着桌子互相看着。我们之间的事情很明白：我们不能再在一起了。然后，停拍。

接下来的几个星期，我们让自己吃惊。我们的生活习惯很容易就分开了；我在客房早早醒来；他在网上与陌生的佛教徒们聊至深夜。我们分开购买食物，像大学室友一样自觉地在冰箱里使用不同的隔层。事实证明我们喜欢的食物并不一样。我们开始寻找新的住处，有时候会拿到相同的出租清单。我们之间仅有的亲密也荡然无存。那些我们做过的事情去了哪里？它们被回收了吗？有没有什么在中国的新婚夫妇在做这些事？会不会有一对瑞典男女此刻正踩着彼此的脚？我们互相帮忙搬家，先是把箱子搬进他在我们街区里找到的一个仓库里，然后开着 U-Haul 搬运公司的车穿过镇子到我的新家。卡车清空的时候，我们拥抱了一下，我想：不用一分钟，我就要走进我的新家了。卡尔隔着车窗朝我致意，便开走了。我转身走向我崭新的家门。就这样吧，我想。开始新生活吧。但我快走到门口时，听到一声汽车喇叭。他开回来了。我掉了一把小铲子在前座。我们讨论了一会儿该怎么处理它；现在我俩都没有花园了。我感觉关于小铲子的对话将无休无止。我能想象我们成为老人以后还拿着小铲子站在人行道上。我于是迅速从卡尔那里把铲子拿过来，放在胸口。他回到车里，我拿着铲子走向大门。就这样吧，我想，现在我独自一个人了。我看看马路想要再确认一下。没错。

胎记

如果从一到十，十代表生孩子的痛感，那么这就是三。

三？真的？

是啊。他们是这么说的。

还有什么其他事情是三？

嗯，下巴复位据说是五。

所以这不会有那么痛。

不会。

二是什么？

汽车压过你的脚。

哇哦，要比那还疼？

但很快就会过去的。

好的，我准备好了。不，等等；让我把毛衣拉拉好。好了，开始吧。

好，来了。

然后三的痛感到来了。

那道被形容成纯净白光的激光，更像是一个砸在操作台上的拳头，而她的身体则是摆在台面上的杯子，每砸一次就跳一下。事实证明三只是一个数字。用它来描述痛感，还不如钱更能描述买下的东西。两千美元去除葡萄酒色斑。这是一种看起来杂乱无规则的胎记，覆盖了整个面颊的红色区域仿佛是纵乐之后一不小心留下的。她像是对着一头就诊的动物一样对着她的身体说话，嘘，没事的，真对不起，我们不得不对你这么做。这没有什么不同寻常的；大部分人觉得他们的身体如动物或植物般无辜。不是说这么做是犯罪。她从十四岁就开始耐心等待整形手术像电脑一样降价。1998 年激光来到人们的生活中，就像好吃的面包，吃下去就能吃饱，做了激光就能完美无缺。是的，完美无缺。要不是别人总说她“除了那什么之外非常漂亮”，她原本不会那么困扰。这是一群在特殊规则下生存的特殊公民。没人知道该如何与它们相处。我们总想盯着它们看，像是形状做成两人接吻的侧影的花瓶所带来的错觉。它一会儿是一个花瓶……一会儿是两个人在接吻……哦，但它完完全全就是个花瓶。它两样都是！这个世界能否允许这样的矛盾？这甚至更好，因为当美丽与骇人的幻象来回翻转时，我们也随之翻转。我们比她丑，然后突然我们很幸运地没有成为她，但是接下来从某个角度看她简直可爱至极。她是两面的，我们也是，而世界继续旋转。

现在她的新生活开始了，她非常漂亮，完美无缺。只有赢家知道这种感觉。你有没有曾经非常渴望某样东西，最后得到了呢？那你就会知道赢具有很多意义，但绝非你所想象的那样。穷人赢了彩票不会变成富人。他们变成赢了彩票的穷人。而她变成少了某种丑陋特征的美人。她赢得的是某件东西的缺失，这个特点伴随着她。有太多空间来想象如果没有那块胎记会怎样了；公车上任何一个傻瓜都会玩这种猜想如果没有胎记她该有多美的游戏。现在没法玩了，只剩下耗尽的感觉。她不是白痴，她能感觉到。在手术后最初的几个月，她听到很多赞美，但那些赞美都伴随着某种迷惘。

现在你可以把头发梳起来，露出更多的脸蛋来了。

嗯，我打算试试。

等等，再说一次。

我打算试试。怎么了？

你那小小的口音不见了。

什么口音？

你知道的，那种小小的挪威口音。

挪威？

你妈妈不是挪威人吗？

她是丹佛人。

但你过去有一点点那种口音，一点点……你说话的时候。

有吗？

嗯，现在没有了，不见了。

她感觉到真正的失落，尽管她知道她从未有过什么口音。是浓重的胎记让她的声音都染上了颜色。她并不怀念这块胎记，但她怀念她的挪威血统，这就如同刚刚听说家里的新亲戚，却发现他们已经死了。

可总的来说这不算什么，破坏性比失眠症小（但是比记忆幻觉要严重些）。后来她认识了越来越多从未见过她胎记的人。这些人不觉得有什么缠绕心头的缺失感，他们怎么会有呢？她的丈夫也是其中之一。你看到他就会明白。不是说他不会娶一个脸上有葡萄酒色斑的女人。但是他多半不会。大部分人不会这么做，也不会因此而显得更糟。当然这种情况还是有，她会看到一对夫妇，其中一位脸上有葡萄酒色斑，另一位显然深爱着这位有斑的，她会因此而有些恨她的丈夫。

他也能感觉到。

你怎么怪怪的?

没有。

明明就是。

我真的没有。我好好在吃色拉。

我也看到他们了，你知道的。我看着他们进来的。

她的情况比我严重。我的没有那样一直蔓延到脖子。

你要不要尝一口汤?

我敢打赌他是个环保主义者。他看着像吗?

或许你该去跟他们坐在一起。

我可能真的会。

我没见你动啊。

你把汤喝完了?我还以为你会给我留一些。

我刚刚给过你。

好吧，那你也别想碰这份色拉了。

这是一件小事情，但这是一件事情，事情要不死去，要不生长，而这件事情没有死去。很多年过去了，这件事情像孩子般生长，每天一点点。既然他们是一个团队，而所有团队都想赢，于是他们不断调整自己的视角，无视事情的生长。他们无语地指责对方不再像当初计划的那样彼此相爱。屋子里有些房间他们原本打算用来放置爱情的，结果却一起努力用五六十年代的时髦家具填满了。赫曼·米勒，乔治·尼尔森，查尔斯·伊姆斯和蕾·伊姆斯。他们从不孤单；房间越来越挤。再动一动就要破墙而出。接下来发生的事情是这样的。她正要打开一罐新的果酱的盖子，她用罐子敲击桌面。这是家喻户晓的小招数，一种厨房技巧，用力敲一下就能松开盖子。不是什么巫术或者黑魔法，只是简单地释放盖子底下的压力而已。她敲得太重，罐子破了。她尖叫起来。她的丈夫听到声响跑过来。到处都是红色，那一瞬间，他看到了血。幻觉清晰：你确信你所看到的。但是过了一会儿，恐惧松开了控制——是果酱而已。到处都是。她大笑着把玻璃碎片从草莓酱里挑出来。她是在笑这里的混乱，她垂着脸望着地板，头发像窗帘般盖在脸上，然后她抬起头来看着他说，你能帮我把那里的垃圾桶拿过来吗？

又来了。有那么一瞬间他以为自己看到了她脸上的葡萄酒色斑。触目的鲜红色，大得超乎他想象。它甚至比血更像血，是病了的血，动物的血，种族歧视的人眼中其他人种的身体里奔腾着的血：不应该触碰到自己的血。但是下一个瞬间，又只是果酱而已了，他笑着用厨房巾擦擦她的脸。她干净的脸。她的葡萄酒色斑。

亲爱的。

你能拿一下那个垃圾桶吗？

亲爱的。

怎么？

去照照镜子。

什么？

去照照镜子。

别这样说话。你为什么要这样说话？怎么了？

他看着她的脸。她本能地用手捂住胎记的位置，跑去卫生间。

她在那里待了很久。可能有三十分钟。从未有过这样的三十分钟。她盯着葡萄酒色斑，呼气，吸气。仿佛又回到了二十三岁，但她现在三十八岁了。十五年都没有的胎记，现在又回来了。还在同样的位置。她用手指擦拭着边缘。它从她的右眼处一直蔓延到她右边鼻孔的边缘，覆盖了整个面颊直到耳朵，结束在下巴。紫红色的。她什么都没有想，她没有害怕、沮丧或者担心。她只是看着那片斑，就像是一个人在自己死后十五年看着自己。哦，你又来了。很明显它一直在那里；她把它吓得又现了形。她看着它的红色，呼气，吸气，感觉自己处于某种出神状态。她想，我出神了。她四处飘浮。这持续了二十五分钟，对于飘浮来说实在是太长太长时间了。大部分时候，你会飘起来一两秒，或者可能半秒。然后你用余生来描述这种感觉，试图重新获得这样的视角。你说，这就好像我正飘来飘去，你在空中挥舞着你的手臂。但是你知道没有那样的手臂。她如飞机起飞般从出神状态中醒来。她现在从上面俯瞰着那块胎记，而不是从里面。它像湖泊一样越缩越小，直到成为广袤大地上的一小块地方。飞行员喜欢那里，在上空盘旋着，却不肯再次降落。她从卷筒上扯下些纸巾，擤了擤鼻子。

他发现自己跪着。他跪着等她。他担心她不让他爱有斑的她。他很早之前就决定了，二十、三十分钟之前，那片斑没什么大不了的。他只瞥到一眼，但已经习惯了。没什么。从某种意义上来说斑会让他们拥有更多。他想他们现在可以有个孩子了。空气里有种松弛的气氛。果酱还在地板上，这也没问题。他会一直跪着，等她出来，希望能以轻松的方式告诉她生活的松弛感。他想要保持这种感觉。不知怎么的他希望她不要抹去这片斑。她应该留着它，他们应该有个孩子。他能听到她在擤鼻子；现在她打开了门。他像这样继续跪着。她看到他这样，会理解的。

如何给孩子讲故事

汤姆干了些坏事，现在他似乎遭了报应。世上的事都被我们说尽了，没什么可说的。我问候了下他的妻子。

萨拉愿意谈论这件事吗？

当然，但她已经烦了，再也不在乎了。

真可怕。

可不是嘛。

那个学生吗？

她还在继续跟他乱搞。

哦，天哪，天哪。

是啊。

那她知道你的，你的事情吗，出轨的事？

不知道。

我们沉默地坐着，小口喝茶。想想十二年前我也掺和过这些事情。我用手指按着冷掉的茶包。几分钟以后，我们拥抱了一下，各自离开。

他几个星期都没有给我打电话。这情形在我们的友谊里司空见惯，倾诉和退缩，但我不由得想。我不由得想我们的最后一次谈话会不会是一种提议。准确地说不是谈话本身，而是谈话中的沉默。喝茶的沉默形成很多黑洞；回顾从前，我能想象自己跪在其中一个黑洞里，把手放在他的手上。一个人身处这样的黑洞里能确定自己在做什么吗？一个人会从朋友那里寻求慰藉，并且进入朋友的内心寻找；而熟悉的老朋友会给予特别好的慰藉。我怀着这样的善意，给汤姆发了封邮件。

一起午饭？

而他回复说：

萨拉怀孕了，我们要有孩子了！以后再细说，我要去忙了。只是想让你第一个知道。爱你的，汤姆。

在迎接婴儿派对上，汤姆的妈妈拿着块写字板走来走去，上面标记着所有给这对新父母送健康餐的开放日。这叫作餐本，就跟电话本差不多。我被告知如果汤姆和萨拉没有开门，我应该把食物留在门廊上那只标着“朋友，谢谢你”的篮子里。

我很幸运地被安排在了最后几天，希望时间的流逝会带走我对幸福感的恐慌。但是到了那天，我并没有感觉到幸福。我轻轻敲响他们家的门，希望只要把食物留在门口那只篮子里就好了，“朋友，谢谢你”其实就是“把食物放在这里”的意思。可是门立刻开了。

德布，谢天谢地你来了，你能抱一下她吗？

孩子被交到了我手上。然后汤姆带着我们走向工作室／婴儿房，路过满脸泪痕的萨拉时，她朝我挖苦地挥挥手。汤姆看看我，带着歉意地皱了皱脸，关上门，把我和孩子单独留在里面。外面寂静一片，接着——

我没有这么说！我说的是，只要我愿意，我就可以这么做，这是我的身体。

但我们的孩子在你的身体里！你有可能会伤害到她！

只要不是很粗暴的性爱就绝不会有问题！

哦。那么是真的发生过咯。

我屏住呼吸，把孩子抱近胸口，就好像她是我自己。这之间有一段长长的沉默，我猜想萨拉正在无声地掉眼泪。但突然响起她的声音，清晰，毫无修饰，又带着些许愧疚。

对。

好。不粗暴的性爱如果不粗暴，那是怎么样的？

很温柔。

他们的疯狂让我无法忍受，他们与熊住在一起，他们就是熊，他们的话从动物致命的牙齿间迸出来。我希望这些话转过二手甚至三手以后，才传到我耳朵里："我们大吵了一架"，"我听说他们大吵了一架"，"我有个熟人认识一对夫妇，他们在世纪初的时候大吵了一架，可能甚至还定期大吵，这个熟人也不是很确定，她现在意识到她并不真的认识这对夫妇，因为事实上她可能还混淆了一些她对那位丈夫的好感，这好感说起来比这场古老的历史性的剧烈争吵还要更久远"。

汤姆开始尖叫，我心想孩子柔软的大脑此刻是不是正因为强烈刺激而改变形状。我试图合理解释这种噪音以保护她的心灵。我轻声说：听到一个男人尖叫是不是很有趣？是不是推翻了我们对于一个男人能做什么的成见？接着我试着说，嘘。

她钻进我怀里寻找乳头，我把手指塞进她的嘴里。她在我胳膊里沉睡时，我发现自己只能思考一些具有宇宙学意义的事。我思考着太阳的球体、食物链，以及时间本身，全都神奇而动人。我蜷缩起整个身体环抱住她。我的心脏痛苦地延展，绽放出远古的花朵来保护汤姆和萨拉的后代，他俩自己站得远远的。我打量着她每一根按比例缩小的手指。我凝视着她浓密睫毛下闭拢的眼睛，还有她将来会变得很好看的鼻子。但是我想不起她的名字来。我看着她的脸。莉莉娅？

不是，这个名字不那么纯洁，有点聪明过头。我盯着一只兔子玩具和架子上一排木头杂耍小丑。拉娜？不是。小丑们斜着身体弯着腰，我渐渐明白了。他们不仅仅是在玩杂耍，他们是按字母排列的，他们永远七倒八歪地拼写着名字：莱昂。

一直以来都有女人不通过正式怀孕或者领养手续，而是渐渐地、自然地得到她们的孩子。这对我来说是出于本能，却让我的男友陷入困惑。

我们不是刚见过莱昂吗？

自从她学会戴着浮水翅膀游泳后就再没见过了。

那真的能叫作游泳吗？

拜托，你知道她有多怕水。这对她来说是一件了不得的大事情。

你能不能就说“大事情”，把“了不得”这种话留着我们以后自己用？能做到吗？能把这话留到以后在我们身上真的发生什么了不得的大事情时再用吗？

比如说？

比如说，我不知道，我们之间……了不得的感情。

噢，看来是要开始长篇大论了。听着，你不用去，你就开车把我送过去，然后四点来接我就行。

她朝我跑来，身上挂满水珠，穿着一件粉色和黄色相间的印花游泳衣，阳光照在她的眼睛里，她张开红色的小嘴尖叫，湿漉漉地扑向我的大腿，有说不完的话要告诉我。

我之前游过了，但都是抓着泳池边的，然后今天早晨我又去游了，起先还是抓着，但接着我松手了！松手了！而且我踩不到底！这样坚持了九秒呢！我觉得我还能坚持得更久些，不过我得先在毛巾上躺一会儿，我实在是累坏了，而且爸爸说你要过来，所以我就等着，我等了简直有一千万年，我们现在能去游泳吗？你看到我的毛巾了吗？看，那上面有个穿着比基尼的女孩，还有一只小狗，别踩上去，你弄坏了，你能弄好吗？求你了。太好了，我们现在能去游泳吗？你能先抱着我吗？

我们在泳池中央上下漂浮着，她的腿绕着我的腰，一只手臂抱住我的脖子，另一只划过水面指引着我们的方向。我们沉重笨拙，却又轻盈优雅。在深水区，她紧紧抓着我尖叫；在浅水区，她松开手，为自己的勇敢惊讶不已。每隔几分钟她就检查一下自己的浮水翅膀，用力按按它们以确保没有漏气。

我觉得这只像是要沉下去了。

不会，它好得很。

你能帮我再吹吹气吗？

我可不想吹爆了它。

你能再检查一下吗?

它很好，看，它跟另外一只一样。

她摸了摸另外一只，郑重地看了看我，眼睛睁得大大的，然后她跳上跳下，叫着，拍打着水，肆无忌惮。萨拉从杂志里抬起头来看了一眼，又再次低下头去。汤姆的目光穿过露台，与我的交汇在一起，有那么一瞬间我想起在一次派对上，我十九岁喝醉了的脸庞贴在他的胸口，他的嘴唇触碰着我的额头，轻声说着，你知道我多么希望我可以。我以前觉得他很迷人，简直不可思议。现在他是莱昂的父亲，而她拥有我曾经以为能在他身上找到的胆量，温暖和顽劣的魅力。莱昂把脸扎进水里，一只套着浮水翅膀的胳膊举在空中；每忍耐一秒，她的拳头就松开一根尖尖的手指。一,二,三,四,五，立刻举起另外一只胳膊，六,七,八,九,十——她的胳膊僵在半空中，所有的手指都占了数字——接着她被黏液与湿头发弄脏了的小脸从水底钻出来。她喘着气，发疯地冲我摇晃着她僵直的手指。

我的手指用完了！刚刚超过了十秒钟！你看到的，时间更长了！你数数了吗?

我想大概有十三秒。

我觉得可能得有二十七秒！

你知道怎么能把数字数下去吗？你只要从第一只手开始。

不要。

你记着十，然后你从第一只手开始数十一。

我说了不要。我不想知道。

那你怎么数大数字呢？

如果比十大，你能帮我数。

没错，但如果我不在呢？

说到这里她笑起来。她跳出泳池，朝她在躺椅上的妈妈跑去。她尖叫着，像烂醉般假装大笑，扑入萨拉的怀里。

什么事这么有趣？

德布。

她很有意思吧。一只有趣的小兔子。

星期五晚上是约会之夜，萨拉和汤姆要约会，莱昂就在我家过夜。但是因为他们常常就待在家里吵架，而莱昂和我却总是出去吃晚饭和看电影，所以约会之夜变成了我们狂欢之夜的代号。不要低估了八岁和几乎四十岁的人所能给予彼此的欢乐。我们通常在我们最爱的日本餐厅快乐味噌馆开始我们的夜晚。我们都觉得这名字真糟糕，但那里的面条很不错。我们无所不谈，包括但不仅限于：我是否该把我的白头发染了？我能一根一根地染吗？我能付钱给一只有迷你油漆刷的老鼠，叫它跳到我头上来帮我一根一根地染吗？为什么汤姆和萨拉总是在吵架？是不是莱昂的错？不，当然不是。她能让他们不要吵了吗？答案又是不能。还有：他们会给她买二十四色画笔吗？如果他们真买了，莱昂带去学校的时候，她的好朋友克莱尔该多么嫉妒。我们都猜她会非常嫉妒的。为什么德布的上一个男朋友甩了她。

是我甩了他。

可能你没有给他足够的舌吻。

我向你保证不是因为这个。

告诉我你们一天接吻几次，我看看是不是足够。

四百次。

不够。

如果有合适的儿童电影，吃过晚饭以后我们会去看，但通常我们会去放老电影的电影院，那里会放《花村》《邦尼与克莱德》或者《洗发水》。我们是沃伦·比蒂的疯狂粉丝。我一开始还很担心性和暴力的成分，但莱昂发现只要那些电影是1986年以前拍摄的她就能接受。因此《乱世情天》她觉得可以，而《伊斯达》就有点过头了。看完电影，我们回家在浴缸里洗澡，称之为巴黎沙龙。我们把各种香波混合在一起，涂在对方的背上测试它们的气味、泡沫，以及美容成分。我们查看莱昂的身体有没有青春期发育的征兆，一点都没有。（后来确实有了，但那会儿巴黎沙龙已经关门好多年了。）我们一起睡在我那张长度与宽度一样的大床上。不管睡哪个方向都是一样的，莱昂把自己转晕在床上来决定我们睡觉的方向，今晚我们要睡在，然后她猛地往床上一倒，这里！她一动不动地躺着，保持住现场，我则把枕头挪到我们新的北方来。我们一起读一本旧书，叫《如何给孩子讲故事，一些讲给孩子听的故事》。莱昂觉得《比利·贝格和他的公牛》或者《狐狸和牛》这样的散文故事很无聊，她更喜欢听我念的叫作《说故事者的情绪——从心理学观点阐释方法、态度与声音的若干原则》的那章。念完我们就睡了。先互相嬉戏一番，之后，因为莱昂总是散发着叫人不舒服的热度，我们就背靠背地睡过去。

她九岁之前，每个星期都有三到四天睡在我家，而萨拉和汤姆大部分时间都睡在其他人家里。有时候汤姆兴致高昂起来会提议我见见他的现任女友。

她太棒了，你一定会喜欢。

嗯，谢谢你的好意，不过我没什么兴致。

哦。你嫉妒了？

没有。

换作是以前，你肯定会嫉妒。

可能吧。

萨拉就很嫉妒。你至少看一眼照片吧。

不要。

你觉得她怎么样？是不是棒极了？

是啊。

你想留着这张照片吗？

我留着干吗？

我不知道，你可以贴在冰箱上。

我不想让莱昂看到。

哦，她已经见过她了。

莱昂十岁的时候，进入了一段宗教狂热时期。我们三个人都不信教，所以她是从其他地方学来的。她把自己的宗教称为昴宿星教，综合了神秘学、安妮·弗兰克[1]和她的朋友克莱尔的知识，克莱尔念的是主日学校，戴着十字架。莱昂会根据需要增加或者删减一些仪式；有的日子被称为黑暗之日，她会叫我找块纱把脸盖起来或者干脆离她远远的。在弗兰克小姐生日那天，我们大

1 安妮·弗兰克，《安妮日记》的作者，二战犹太人大屠杀中最为人所知的受害者之一。

哭，而我们中那些无法自觉掉下眼泪的人则还有另外一个选择，对着书的最后一页轻声说出自己所做过的最坏的事，就是他们被党卫军发现前写下的那页。昴宿星教因为它召唤愧疚感的能力而获得威信。莱昂戴着一枚我不要了的盖亚挂坠，她没有意识到那其实是个抽象的阴道图案，还假装不喜欢戴着它。当克莱尔大惊小怪地说必须得戴她那个又旧又蠢的十字架时，莱昂说，跟我说说怎么回事，我父母非让我戴这个。

这是什么？

这代表着我们的宗教。

你是犹太人？

不是，这说起来很复杂。来，我给你看，脱了你的衬衫。

你要干吗？

用我的项链碰碰你的背。

噢，这样。这不是宗教。我妈妈用指甲做这个，我们把这叫作挠背。

挠背？

没错。

她这样摸你的背？

是啊。

不要见怪，但你妈妈真是个变态。

她不是。

挠背实际上就是前戏，它能让你进入状态。

什么状态？

尽情纵欢。

那晚莱昂在床上把盖亚挂坠递给我。挠背从未直接归属于昴宿星教，但我几个月来都虔诚地表演，先把项链挂在一只手上，等累了的时候，再换一只手。

昴宿星教有着持久的力量；十二岁时，莱昂依然忠诚于它。她抛弃了挂坠和更为众所周知的仪式，追求一系列神秘主义实践，像是犹太人信奉卡巴拉教派一样。一天晚上她把三条印花床单撕成宽条，叫我把她像木乃伊那样绑起来以庆祝呜啦节，也就是昴宿星圣诞节。

再紧点。

没法再紧了。

好的，谢谢你。

她一动不动没有手脚地躺在那里，望着天花板。

如果你要上厕所怎么办？

我就在这里解决。

好吧。

就这样，晚安，德布。

晚安，呜啦节快乐。呜啦！

呜啦！

半夜我被她的喊声吵醒，我就知道会这样，我的意思是，上帝啊，这太不舒服了。我把被尿液浸湿了的绑带松开，而她则哭得咳出声来。

我以为我要死了。

唉，我真不该让你这么做。

别这么说！

但是看看你，宝贝，你冻坏了，你那么难过，还哭了。

这是仪式！这是仪式的收尾部分。

好吧，真棒。呜啦。

呜啦！我没事！

2001 年秋天，我遇见一个叫埃德 · 博格的男人。事实上，是我们所有人，我们四个人每周都一起见埃德 · 博格一次；他是我们的家庭顾问。这一年莱昂得了严重的过敏症，整个狂躁的一年都是我在照顾她。找人咨询是汤姆的主意；我觉得他是希望这个专业的外来人士会为我们混乱的状况而震惊，并且把责任都推到作为母亲的萨拉身上。但是埃德没有受到干扰；事实上他还觉得我们之间的动能很好。他这么说让我感觉动能正在离开，可能去了下一个街区，为另外某个迷惘的家庭服务去了。而我们则被毫无动能地抛弃在这里，每个人对彼此的感觉都很糟糕。

最初的几次咨询对于我和莱昂来说都司空见惯：我们看着，而汤姆和萨拉大打出手，接着爱得死去活来，然后变得无聊麻木。莱昂对我翻着白眼，甚至用嘴型说，我们结束以后去吃酸奶冰激凌好吗？我考虑到埃德·博格而没有搭理她。凭良心说，埃德是个很出色的男人。我也支付了150美元里我三分之一的那部分，我希望被他改变。他鼓励我和莱昂多说些话。莱昂在出色的自我中心的发言里列举了她的情感需求。

在我做功课和睡觉的时候，我需要平和、安静，不要争吵。我还要一个黑色的杰斯伯双肩包。

宝贝，这不能算是情感需求。

我需要妈妈闭嘴，让我念完我的清单，她凭什么说这是不是情感需求。我还需要在我愿意的时候待在德布家里。

埃德在这里温柔地打断了她。

你更喜欢待在德博拉的家里？

是啊，但是我妈妈不愿意。

（妈妈张开嘴巴，又闭上。）

为什么你会觉得你妈妈不愿意？

因为，你知道啊，德布和我爸爸。

（我的左手抓紧我的右手；汤姆看着地板。）

德布和你爸爸怎么了？

你知道的。

不，我不明白。你能随心所欲地把你想到的说出来吗？

他们结过婚。这就是为什么德布就像是我的另一个妈妈。

（汤姆倒抽一口气，萨拉笑起来，我开口说话。）

我们从没结过婚，我们只是朋友！我们一直都只是朋友。

哦。那么那个怎么说——

什么？

哦，我不知道。我以为……我不知道。好吧，谢谢你们告诉我，你们每一个人。现在我觉得自己蠢死了。

我们都赶紧告诉这个孩子她不蠢，她是蠢的极反面，她善于观察、敏感，简直可以说是具有洞察力。或许她能想起来上一世的事情？我们笑起来；或许她知道我们所不知道的事情！或许这就是我们这一辈子都是那么好的朋友的原因！埃德·博格隔着一段善意的距离观察我们，明显并不以为然，却也不妄下评断，只是看着动能又为我们服务了一轮，再来一轮吧，求求你。

埃德·博格最终逼我发言的那天我正要来月经。但我什么都没说。相反，我用不同的音高和速率哭泣着，用哀号来描述一种毁灭性的不快乐，所有人都很吃惊。在这次咨询以后，我的三个人家人拥抱了我，在他们形成的三角里，我感觉很安全。莱昂握着我的手，汤姆问我想不想聊一聊我的感受。我看着他和他的孩子，有那么一瞬间，我能看到绑住我的咒语，就像是照到阳光的蜘蛛网。很久以前当我还是渴望陷入圈套的年龄时，这张网套在了我身上，现在已经持续了几个世代。萨拉用她冰冷的手掌摸摸我的背，幻觉消失了，而我很肯定我无话可说。

我们见了埃德整整一个月，差不多有五次咨询，我们都觉得他帮了我们很多，准备要停止家庭咨询。有些人（萨拉）打从一开始就已经打算停止，但现在我们达成共识；莱昂的严重过敏已经好了。

当莱昂的眼睛和皮肤不再又红又肿的时候，萨拉总是会说类似于，这就是你引起注意的方式吗？过敏？这就是你最好的表现了？埃德教莱昂说，妈妈，我需要你照顾我，而他教萨拉不要喊叫着回应。她们在我的房间里练习这个技巧；莱昂完美地念出她的台词，而萨拉掌握了温柔的语调，却又有些不对劲，她柔声说，告诉我我怎么能够帮到你，我的小女孩，我长大了的小女孩，你真的希望我这样跟你讲话？这没让你觉得自己像个婴儿吗？

或许是出于自我辩护，莱昂病恹恹的少女身体在她高中第一年的夏天之后被一个不那么病恹恹的，甚至说得上是美妙的女人身体取代。我觉得这个优雅老派的回答真是太棒了；我自己都没法回答得更好。

埃德还建议我们重新回归共同照顾，于是莱昂开始勉强一星期回去住两个晚上。我实在不知道那些夜晚我一个人该做些什么。我不习惯一个人睡，尽管从我不再有男友开始这样也已经很久了。第一个晚上我常常用来打扫卫生，但第二个晚上我就犯了晕。过了一段时间我学会尽量打扫得慢些，平均分配给两个同样愉快的夜晚，这当中总是会被莱昂的电话打断。

妈妈和胡安出去了，爸爸在车库里打电话。

你在干吗呢？

我不知道，我有点想打电话给凯文，叫他过来舔我。

莱昂。

干吗？我今天跟他说话了。

不是吧。

真的，在讨论班里。

说什么了？

他说——

他开的头？太好了。

我知道。

好，说下去。

他说，我打赌你已经读完整本书了——

《我的安东尼亚》？

是啊。然后我说，没有，昨晚上那些我还没看完呢。就说了这些。

太好了，他觉得你很聪明。

我知道。我现在得去想着他自慰了。

好吧。你去吧。

我开玩笑的！如果我真的去我还会告诉你吗？

我在乔师傅杂货店里遇见埃德的时候，莱昂一个星期只有一半时间在我这里了。埃德和我手里拿着面包棍说起这些来。他觉得这是很大的进步。我说我们都很感谢他。他说他的面包总是在吃完前就发霉了。我说他把面包冷冻起来就能解决这个问题。他说，这样不会毁了面包的口感吗？我说，如果你是用来烤的话就没问题。他说，从冷冻室里拿出来直接就能烤吗？我说是啊。

我们把买的日用品放进各自的车里，想了想觉得在那些容易变质的食物腐坏前我们还有四十分钟的时间，足够喝杯茶了。

回到我们还在家庭咨询的那段时间，我曾经做过白日梦，如果埃德只想倾听我的想法，如果家里的其他人甚至都不被允许走进房间，如果我能够一直讲一直讲一直讲，如果等我讲完的时候，埃德说我是个天才，而剩下的其他人都是疯子，然后如果埃德说他一直被我吸引，如果他脱去我的衣服，我也脱去他的，在不多不少我们的余生里彼此拥有。我得承认我们喝茶的时候这个想法一直藏在我脑海里。我们基本上都在谈论莱昂。

我想她今后一定会成为一个优秀的女人。

她几乎已经是了！你上次见她以后她又成长了很多。

她长高了？

是啊。而且她更成熟了。

成熟。

嗯。这似乎缓解了她的过敏。你觉得这可能吗，从医学上来讲？

嗯，从医学上来讲任何事情都是可能的。

我也这么认为。

你是什么意思？

任何事情都是可能的。

嗯，也不是任何事情。猪不会飞。

是啊。但是出于某种原因，我与你坐在这里让我觉得它们可以。

可以？

飞。

哦。

对不起，我是不是很可笑？

不，不是，你没有。

埃德·博格把他的酸奶放在我的冰箱里，并且叫我记得提醒他走之前带上。莱昂在她父母家，不过她的衣服摊得床上到处都是。我把它们拿起来，搁在梳妆台上。我关上灯，我们没有脱去对方的衣服，但是我们脱去了自己的衣服。在我们开始做任何事情之前，埃德问他可不可以哭，我说，当然可以，于是他把脸放在我的胸口，呜咽起来。他哭完以后，我注意到他的脸不是湿的。

那是因为我哭的是干眼泪。

哦。这是一个术语吗？干眼泪？

嗯，我有一个理论，男人实际上哭得不比女人少，他们只是用不一样的方式哭。我们从没见过我们的父亲哭，于是我们每个人不得不发明自己独有的哭泣方法。

我爸爸会哭。

真的？湿的？

是啊，一直如此。

那可能是因为他的父亲哭？然后就这样教给了他

儿子？

可能吧，但也因为我妈妈十六年来都有婚外情。

我走进浴室冲洗了阴道做好准备。在我回到卧室前，我在走廊里停下来；我看到他跪在我正方形的大床上，凶狠地望着台灯。他用两只手掐着自己的阴茎好让它进入勃起状态。很容易就能想起他在办公室坐在椅子里的模样，观察着，点头，偶尔露出一个难得的笑容。我在走廊的暗影里决定，这就是我想要的。如果你永远做我的男人，我就是你的女人，埃德·博格。他猛烈的手部运动突然停了下来，直直地把头转向在黑暗里的我。就好像他听到了我的话，正在回应我的誓言。我挥挥手。但他不是在看我，他看着我身后。我还没有转身就知道，是莱昂。

这之后立刻紧跟着四次令人极度痛苦的交谈；第五次交谈是在开车送她回父母家的路上。莱昂拒绝坐在我旁边的副驾驶位置上。

我为什么要坐那里？

因为你坐在后面让我觉得自己像个司机。

你就是个司机。

莱昂。

怎么？你难道不就是个保姆司机吗？他们付钱给你不就为了这个吗？

你知道他们没有付钱给我。

好吧，那是你的问题，不是我的。

莱昂，我们是一家人。

不是，事实上你根本和我们没有关系，你只是一个跟埃德一样帮助过我们的人。你们俩搞在一起真是太好了。所有花钱雇来的人都应该搞在一起。我很支持你们。我们都很支持你们。

求你不要告诉萨拉和汤姆。

呃。

你会还是不会?

呃。

但是她没有告诉他们。她也不再在我家里过夜。她对待我就像是对待她父母的一个朋友，与她的男朋友一起从我们三个身边奔过去，挥手大叫着，大家再见。这个变化被其他所有的变化掩盖，她学会了开车，她不断的挖苦，还有女性主义。汤姆和萨拉向我保证说她也同样无视他们，我们都在一条船上，来的时候也是这条船。但是我知道。我为所有这些所谓的个体化而谴责自己；一切都是从那个瞬间开始的。负罪感摧毁了我；我真该去找个心理医生聊聊。我想过要给作为专业人士的埃德打电话。但他会是一个客观的局外人吗？他不是。而我对这些非客观性想得越多，就越想给他打电话。

博格医生。

你好，埃德。我是德布。

德布，你好。

我们很久没有说话了。

你想说什么?

嗯，那天以后你再也没有给我来过电话。

我觉得在那件事情以后再继续我们的关系不太合适。

莱昂甚至都不来我家里过夜了，所以就算继续她也不会知道。

你想她吗?

是啊，当然。

所以其实并不关我什么事，是吗?

从某种方面来说确实关你的事。你也参与了。

德布?

嗯?

我不想这么做，但是我得等下班以后才能给你打电话。你希望我再打给你吗?

你想打吗?

如果你希望我打，我就打。

但是如果我不希望，你也觉得不打过来完全可以是吗?

我觉得我们最好让事情过去。

时间毫不优雅且未经我同意地流逝着。我与汤姆和萨拉只在重要场合才见面：我被邀请参加莱昂的高中毕业典礼、汤姆的生日、感恩节、圣诞节晚餐。自从大学以后莱昂就不回家过圣诞了，但是她从奥卡诺根给我们三个人都寄了不列颠哥伦比亚大学的校名运动衫。她比我所能想象的走得更快更远；谁会去加拿大上大学？在经济压力下她回来过暑假，住在家里，在一家女同性恋经营的有机产品商店里找了个工作。我常去那里买东西，远超我所需，但我没有问她是否想我，我没有试图再重归于好，我们的交谈都轻描淡写。

你们这里有扁桃真是太好了。

不用谢我；它们又不是我的扁桃。

严格来说它们算是。这个地方不是工人有所有权的吗？

是啊，但是你得在这里工作超过一个夏天，还得给经理口交什么的。你需要袋子吗？

我加入了 PFLAG[1]（父母以及同性恋之友协会）。我购买为女同性恋、她们的支持者，以及她们错愕的父母写的书，或者是由他们写的书。她回学校以后，我想

---

1 Parents and Friends of Lesbians and Gays.

象她坐在宿舍里，胳膊抱着一个年轻女人的腰，或许还是个长得跟男人似的女人。我听说过在同性恋中有充当男性或者女性角色的互动关系，我很肯定莱昂是女性角色。我不由得想汤姆和萨拉是否知道莱昂的倾向；我猜想他们不知道，因为他们依然自顾不暇。他们可能不再放荡度日，但是苦涩已经替代了狂躁；现在看来，过去的时光几乎算得上是无忧无虑。十二月，汤姆打电话来邀请我去圣诞晚餐。

莱昂也会在。她会回家来。

哦，太好了。

她交了个新男友。你遇见他的时候一定会吓一跳。

我退出了 PFLAG，之后的几天我都处于一种哭哭啼啼的惊讶中。我不再了解她。真的结束了，我真的不是她的妈妈。我真的已经快要五十岁了。我真的觉得一切都糟糕透顶，而且我什么都做不了。不知怎么的，失去女同之爱、失去男人气的女朋友、失去对宽容的渴望，要比几年前失去莱昂还糟糕。或者更有可能的是，我依然感受着过去的失落，只是以一种新的方式而已。

我去晚了。莱昂还不在；汤姆和萨拉说她会在上甜点之前出现。我与在座的其他朋友随便聊聊，有些人从大学时代起我就认识了。我为他们与莱昂之间冷漠的关系而感到惊讶。一个男人以为她还在念高中。就在我们要坐下来开始吃饭时，门铃响了。一个穿着宽大夹克的男人踉跄着走进来，解开他的围巾。是埃德·博格。他挥挥手说，大家好啊。然后他说，莱昂马上就来，她正接个电话。

我没有听清埃德在说什么，因为我全神贯注地看着他的衬衫。这是一件时髦别致的西装衬衫，复制了六十年代风靡过的款式，但是又稍做裁剪以迎合那些对六十年代没什么记忆的人。问题来了，因为埃德·博格自然记得六十年代，那会儿他还是个青少年，他会避免穿这样的衬衫，这对他来说不是什么复古，只是会让他想起功成名就前的那段时光。所以一定是其他人帮他买了这件衬衫，这个人对六十年代没有记忆。我的思绪被走进来的莱昂打断，她打招呼的时候，手温柔地抚摸着埃德的背。汤姆为埃德倒了一杯葡萄酒。

家庭咨询的生意怎么样?

还不错，汤姆。

我们安静地吃饭。我们中的有些人认识埃德，还有些人只感觉到房间里有种好笑的气氛。

我想也是，还不错，是吧?

我们吃着砂锅山药、削片土豆和烤培根。

你说什么，汤姆?

埃德把他的手放在莱昂的手上；我们的目光都从

埃德转向汤姆。汤姆看着莱昂；我们也看着她。她正专注地望着萨拉，萨拉也缓慢地把目光从盘子移到了女儿身上。然后莱昂随意地把她的手从埃德的手底下抽出来递给我土豆，尽管我并没有要。我接过盘子，她却也没有松手，于是我们就一起在她父母的晚餐桌上方托着盘子。我的目光缓慢大胆地从盘子移到她的衬衫，再望向她的眼睛。我害怕在那里找到什么？恶意和幸灾乐祸？狡猾？耻辱？它们因为旧爱而闪光，我生命中最伟大的爱。它们胜利了。